KAMAITACHI

カマイタチ

原田宗一郎
Soichiro Harada

松島相談士の日報録

講談社エディトリアル

カマイタチ　松島相談士の日報録

目次

装画／げみ
ブックデザイン／大岡喜直（next door design）

一、鎌鼬

序

歴史は、可能性が束ねられた一本の大樹である。幾千、幾万にも枝分かれした可能性の中から、蟻の群れが選択した道を通ってきた足跡である。大樹を登ったとある蟻は、見知った場所と比較してこう思った。

大正の世には小さな平成があった。小さな今が芽吹いていた。芽吹いた双葉は挫折を越えて、緑葉映える大樹となれども、その根元は変わらない。時代は過ぎゆき、生活環境や価値観は移ろえども、人間の情味は変わらない。

一、

世を大正と改めて六年目のことであった。帝都では鎌鼬《カマイタチ》の仕業とされる殺人事件が相次いだ。犯人は風と共に太い血管を一瞬で切り裂き、絶命させ、狙った大人を誰一人として生かさなかった。

警察は躍起になって犯人を捜したが、その尻尾に触れることすらできなかった。鎌鼬は警察を風に撒《ま》くだけ撒いて犯行を止めた。何の前触れも、予告もなしに。

それから二ヵ月後。今度は強盗事件が相次いだ。警察は強盗犯が風と共に現れたことから鎌鼬の犯行かと疑ったが、すぐに撤回した。強盗事件では切り傷を負った人が一人もおらず、誰一人として命を奪われなかった。

奇妙なことにこの強盗犯は金目のものを狙わず、帝都に住まう人々の食べ物や衣類ばかりを狙った。鎌鼬と同じようにこの強盗も姿が見えなかったので、帝都の人々は鎌鼬の再来だろうと震え上がった。だが、その事件も翌年にはパタリと止み、噂の話題も移り変わっていった。

鎌鼬の謎を解く鍵は人里離れた社《やしろ》にあった。そこには豊穣を司る大神が祀られていた。ひっそりと山奥に鎮座する大神は、切迫する死の時を感じながら、人々の信仰を渇望していた。神様にとって、死というものは自分の存在を信じる人が居なくなることであった。

鎌鼬騒動の最中に、帝都からその山奥の神社へ逃げ込んだ少年がいた。神社へ逃げ込んだその少年にとって、死というものは拒絶されることだった。

嵐が去った夜。意識を取り戻した彼の隣には狼が二匹佇んでいた。助けてくれたと感じた。彼は初めて見る狼が誰よりも信頼できる両親のように感じた。そして、自分をこの境遇へ追い込んだ男女を憎んだ。刺すような蔑《さげす》みの目線を自分へ向ける人々を嫌った。けれども、傷を負う痛みと、飢えの苦しみだけは理解していた。

「ハイヤー！」

高台から跳躍した白い狼に乗る彼が大声で叫んだ。もう一頭も後に続いた。そして地面に着地するや否や、白い狼が赤い光を目指して暗い森を駆け出した。しばらくすると、冷たい風がぴゅぅと囁《ささや》き、一人と二匹を旋風にした。彼は遠くの焔《ほのお》と煙を睨み、雄叫びを上げた。

……さぁ、狩りの始まりだ。

二、

　コーヒーを飲みつつ眺めた空は曇り空であった。流れる雲の切れ間から薄日が差していた。遠い西の空は暗く、午後から崩れそうだった。通りを行く人は皆、帽子と厚手のコートを身に着け、凍てつく風が通り過ぎるたびに身を縮こまらせている。四階建ての西洋建築の二階の一室では暖炉の火がパチパチと音を立て、ベージュのベストを着た三十半ばの男が、安楽椅子でコーヒーカップを片手に一息ついていた。

　そんな冬の土曜日。築地本願寺近くにあるその英国建築から鞄を背負った書生が足早に出てきた。黒の外套《がいとう》に身を包んだ彼は、切れ目がちな奥二重と、あどけなくも精悍な風貌が特徴的な少年であった。

　彼はため息をつきながら銀座へ歩いていた。本当は一限目だけ授業があったのだが、その時間にどうしても外せない仕事が入って自主休校にしてしまった。

　銀座へ向かう道中、通りをゆく婦人とその子供が彼の姿を目で追った。目線の先には、鞄から顔と前足を出した白猫がいた。洋服を着たその女の子が書生に近づいて鞄の上を指しながら明るく言った。

「お兄さん、頭だけ出てるその白いねこ、さわらせて」

学帽を被った書生は頷《うなず》いて、そっと鞄を下ろした。猫が鞄からひょいと出てくると、女の子は歓声を上げて猫を撫でまわし始めた。白い猫はまんざらでもない様子だったが、次第に違う所も撫でてほしいと言わんばかりに女の子に体を擦《す》り寄せた。母親らしい婦人は微笑《ほほえ》みながら飼い主の書生に話しかけた。

「すごく、人懐っこい猫ですね」

「そうですね。自分が倒れていたヒナギクを……この猫を助けたからか、人間が大好きなんです。しかも愛嬌があるので、うちの会社にとっては招き猫でもあるんですよ」

「あら、これから私塾か学校にでも向かわれるのかと思っていたのですが、どこかで働いているのですか？」

「ええ、まぁ。……こういうところです」

書生は苦笑しながら外套の内側から名刺を取り出した。名刺には、大きく中央に「成瀬《なるせ》相談室」と書かれ、小さな文字で左上に「困りごとは成瀬にお任せ！」、右下に「築地本願寺近く－四階建ての塔が目印　特電話本局三十三番」（吉沼時計店跡）と書かれていた。

「自分はここに所属する相談士の松島萊閃《まつしまらいせん》と申します」

「相談士、とはどのようなお仕事ですか？」聞きなれない言葉に婦人は首をかしげた。

「相談士というのは皆さんのお悩みやお話を聞くことが仕事です。悩み事を全く関係のない赤の他人に話を聞いてもらうことで楽になることもあります。もしも何かお悩みになっていることがございましたら、思い詰めて取り返しのつかないことになってしまう前に、ぜひご相談ください。自分たちが解決策を提案します」

「悩み事は、どんなことでもいいのかしら？」

戸惑いながら質問すると、萊閃と名乗った書生が頷きながら明朗に答えた。

「はい、ご依頼やご相談は今なら何でも受け付けています。子供がいうことを聞かなくて困っているとか、新しい文房具が売れなくて困っているだとか。他には、噂の妖怪の正体の調査だとか、行方不明の息子さんの捜索だとか、依頼人を匿って守ったりと、探偵のようなことまでやっています」

「探偵さんとはどう違うのですか？」

「私たちは物品報酬など現金以外でも受け付けております。その場合は、室長から了承をいただく必要がありますが……」

「それは助かるわ。探偵さんに頼ろうかと考えていたのだけれど、今あまり出費をしたくなくって」

婦人が言いよどみながら問いかけた。

「相談したことを他の人に話したりはしない？」

「それはもちろんです。私たち相談士はお客様の身元に関わることは、この命と陛下に誓って絶対に口外しませんのでご安心ください」

萊閃のきっぱりとした口調に婦人は胸をなでおろし、口元を隠しながら小声で話した。

「実は、私の主人が葵屋《あおいや》という呉服屋を営んでいたのですけれど、最近上手《うま》くいかないことが続いていまして、その所為《せい》かお酒の量が増えているのよ」

「そうなんですか」

葵屋という名前には聞き覚えがあった。萊閃は葵屋の主人が家族に内密で依頼したことを調査するために、これから銀座へ向かうつもりだった。

木枯らしが吹いて子供がくしゃみをした。萊閃の愛猫が驚いて萊閃の後ろへ回る。

「ごめんなさい。寒い中で立ち話もなんですから、よろしければこれから事務所へご案内いたしましょうか？」

「でしたら、大丈夫です。これから用事を済ませるつもりですから」

「そうですか。それではお時間がございましたら、その後にでもぜひ、成瀬相談室へお越しください」

「ありがとうございます、検討しますね」

葵屋の婦人はにこやかに笑った。

「ねこちゃん、ばいばい」

手を取り、手を引き、手を振りながら笑顔で去っていく親子に微笑みながら、莱閃は接客を終えたヒナギクの頭を撫でた。抱き上げて鞄に入れると成瀬相談室の招き猫を労《ねぎら》った。

成瀬相談室には招き猫が一匹と男女が九人住んでいる。そのうち相談士は室長を含め七人いて、室長を除いた全員が他に本業とする職業を持っている。

莱閃の他に学生と医学生が一人ずつ在籍していて、三人とも家賃を減らして貰う代わりに相談士として働いている。他に家政婦の女性、近くの工場で勤務する女工、そして大手新聞社に勤める女性記者も相談士として在籍している。

他の住人として、家政婦の夫で経理を勤める男とその娘が住んでおり、一家三人で敷地内の離れを借りて暮らしている。

大通りを歩いていくと門が見えた。その周囲には九月末の高潮で流れ着いた流木の山が残されていた。路面電車と共に門をくぐって銀座へ入ると、人が集まるミルクホールやカフェーを回って情報を集めた。

萊閃が探しているものは奇妙な強盗事件の手がかりだ。事件はひと月前に銀座で起きた。家屋が軋《きし》むほどの突風で目を覚ました依頼主、葵屋の店主が一階へ様子を見にゆくと、扉が粉々に破壊され、売り物の和服と洋服があちこちに散乱していた。散らばっていた商品を整理してみると和服を中心に盗まれていることが分かった。近所にはこれといって被害がなく、依頼主の呉服店の一階だけが台風一過の惨状であった。荒らされてから二週間後。今度は帳場の奥に隠されていた金庫と奥の桐簞笥に隠していた通帳を盗まれた。駆け付けた警察は事情聴取を済ませると、慰《なぐさ》めの言葉を掛けた。そして全力を尽くしますと張り切って去って行った。

葵屋には時間がなかった。三年前に完成した百貨店の所為かどうかは分からないが、お得意様が一人また一人と店に姿を見せなくなっていた。そんな中でわずかばかりの生活費以外の金品を奪われたことで、銀座の一等地で店を構えることができなくなった。

そうして葵屋の店主は三十半ばにして店を畳んで土地を売った。混沌とした帝都の一角で家族三人身を寄せ合って生きようか迷ったが、妻の助言を受けて義父の住む名古屋へ戻ることに決めた。けれども、帝都を去る前にどうしても奇妙な風の正体を知りたかった。そうして依頼先を探しているうちに物品報酬可としている成瀬相談室を知ったのだった。

萊閃は一時間半ほどかけて、ドンという空砲が鳴り響くまで柳の街を歩き回った。葵屋と同じ手口で強盗の被害にあった店は他になかった。

正午の時報を聞いた薬閃は腕時計の誤差を直し、ヒナギクをつれて行きつけの洋食屋へ向かった。薬閃馴染みの洋食屋、浪漫《ろまん》亭では、帝都でも珍しい犬や猫と一緒に食事をとれるテーブルを数席設けていた。店内に入ると、顔見知りの給仕が薬閃をそこへ案内した。

いつものオムライスを頼み、口へ運ぶ。サービスで出されたコーヒーを飲んでいると、通りかかった店長に話しかけられた。

「どうだい、今日のオムレツライスのお味は」

「前食べた時よりもおいしいです」

「そうかい。うちのシェフが煉瓦《れんが》亭のシェフと試行錯誤した甲斐があったようだな」

「相馬《そうま》さんは研究熱心ですから。毎回オムレツライスを頼んでも、少しずつ味が変わっているので、食べていて飽きないです」

「おう、客からの評判として伝えとくぜ。ただ残念なことに、ご飯ものの値上げを検討しているんだ」

「米の相場がちょっとずつ上がってるんですよね?」

「米が顕著だけど、それだけじゃない。砂糖とかの調味料に、肉とかも全部だ。元々冬は食べ物の値段が上がりやすいんだけど、今年は台風が直撃した所為か上がり方が異常なんだよなぁ」

温室栽培が本格的になるのは、第二次世界大戦の後からであり、生鮮食品は旬の食べ物以外の選択肢がなかった。

店長は下唇を嚙みながら、

「まぁ急にドカッと上がることがなければ出し続けるつもりだけど、また食べに来てくれるかい？」

莢閃は曖昧に返事をした。

「分かった、莢閃の胃袋を摑《つか》んだとも相馬に言っとく」

厨房へ向かおうと足を踏み出した店長は、何かを思い出したようにあっと声を上げて振り向いた。

「そうそう、ところで相談士さんや。相馬から聞いたんだが、お前さん動物の気持ちが分かるって本当かい？」

莢閃は頷いた。

「犬と猫だけなら、大体は理解できると自負しています」

動物たちの伝達方法は全身を使ったジェスチャーと脳波で主に伝えているようだ。動物たちは意識を集中させた相手へ見たことや感じたことを微弱な脳波に乗せて送る。受け取った相手はそれを自分の経験をもとに解釈し、理解しようと努める。言い換えるならば、伝えたい相手だけに解き易くした暗号を用いて手紙のやり取りをしているようなものである。脳波だけで伝わりにくい内容かどうしても伝えたいことの場合、補助的に鳴き声を使っている様子である。

幼い頃から犬と猫に囲まれて育った萊閃は、動物たちと接するうちに彼らにも心があるのではないかと思うようになった。天涯孤独となり、神社で過ごしていた頃の萊閃は居場所の無さを感じていた。寂しさや疎外感を紛らわせるために鎮守の森にいた犬猫と毎日触れ合うようになった。寄り添ってきた鎮守の森の動物の前で音楽に気持ちを乗せて歌うと、驚いたことにその動物は鼻をすりながら涙を零《こぼ》したのだ。以来、理解しようと月日を重ねるうちに、尻尾の動きや鳴き声の長さ、吠える回数や表情などが感情を表しているのではないかと考えるようになった。年月を重ねると、感情が伝わってくるようになった。犬か猫の遺伝子を持つ動物ならば、大体思っていることが理解できると自負している。

「俺には信じがたかったけど、相馬んとこの犬の話を聞いてちっと興味を持ってな。飼い主以外の人間にはすぐに嚙みつこうとしてたフランが、萊閃と会ってからはそれがパタリとなくなったもんな」

店長は苦笑いしながら言った。相馬からことの顛末を聞いていた。

「フランは今どうしてます？」

「あぁ、あそこの暖炉の隣に居るよ。夜の間は裏手の小屋で仕事が終わるのを待ってもらってる」

店長が指さした暖炉の隣には、あたかもそこに最初から置かれていたかのように丸くなって、耳を立てて、目を閉じて、動物の置物と一体化して店を彩っている四国犬が居た。

「浪漫亭」ではフランソワーズの件を受けて、酒類を提供する午後五時以前に限り、犬猫同伴で食事をとれる席を設けるようになった。

ヒナギクが萊閃の隣で調理に失敗した魚の一部を頬張った。

萊閃がオムライスを口へ運んで言った。

「あの子は相馬さんが知り合いの猟師から引き取った子のようで、さよならも言えずに、事情も説明されずに、母と兄弟と離ればなれになってしまった子です。そしてずっと抱いていた離別の悲しみが、いつしか飼い主以外の、自分の大切な人を奪う人間への怒りに変わっていたみたいです」

「聞いたぜ。まさか相馬が出勤するたびに、親に捨てられるような辛い思いをして一人で帰りを待っていたとはなぁ」

店長が洟《はな》をすすった。萊閃が続ける。

「こう言うと笑われるかもしれませんが、自分は人間も動物も、魂だとか心というものは根本的には変わらないと思います」

「笑いやしねぇよ。言われてみりゃぁ、何となくそんな気がしちまうんだよな」

「人間に対しても動物に対しても、誤解しないよう歩み寄って理解することが肝心だと思います。動物であっても、時に言葉を交えてね」

本当に十六歳かと聞かれて萊閃が苦笑いをした。店長は何度か頷いた後、本題を切り出した。

「それでまぁ、実は俺も犬のことで困ったことがあるんだ。ちと、頼まれてくれねぇか」

「今から、ですか？」

「今日か明日の夜に。いや、できれば今晩のうちにお願いしたい。うちの老いぼれが夜中の十一時くらいになると毎晩、毎晩無駄吠えをしてな。最近その所為で寝不足気味なんだ。前は無用に吠える奴じゃなかったんだが、どうしたもんかなと思っててな。相談士さんにその場を直接見てもらって無駄吠えの理由を教えてもらいたいんだ」

お人好しの書生は唸《うな》りながら口元に手を当てた。動物好きとしてはあまり見過ごしたくないが、葵屋からの依頼も受けている。葵屋を襲った犯人は今のところ強盗だけだが、それが鎌鼬の仕業ならば再び殺人を犯してしまうかもしれなかった。

判断に迷う萊閃に店長は懇願した。

「もし、何か苦しんでるなら少しでも取り除きたいんだ。うちの老いぼれがあの世へ逝ってしまう前に」

萊閃は、不安を胸に残したまま頷いた。

「……分かりました。その依頼、萊閃が引き受けましょう」

「おう、頼んだぜ」

店長はニカッと笑った。

「じゃあ、ゆっくりしていってくれ」

そう言い残して一礼し、さっと踵《きびす》を返すと、ヒナギクが何かを訴えかけている様子で袖に爪を立てた。スプーンから紅色の飯がこぼれる。

萊閃は慌てて店長を呼び止めると、強盗事件と奇妙な風のことを依頼主に当たり障りのないように聞いた。

「奇妙な風に店を壊されて強盗に入られた、ってことは葵屋の旦那か」

お知り合いですか、と聞こうとして黙した。

「だんまりせんでも、葵屋の旦那に成瀬相談室を紹介したのは俺だからなぁ」

左手で学帽のつばを持って、深くかぶった。

「旦那はウチによく飲みに来てくれたぜ。ちょっと前に来た時は、俺の前でビールを呷《あお》りながらカウンター席でぼやいてたぜ。土地の買い手が決まったとか、これからお先真っ暗な貧民街で暮らすかと考えたが、妻の実家で暮らした方がまだマシだ、とか身の上話を色々言ったんだ。その後相当酔っぱらってな……」

店長は苦笑いを零《こぼ》しながら続けた。

「帝都の文明が花開いて華やかなのは故郷から人が出てきているおかげだ、とか、帝都の空気に染まってしまったから新潟の山間へは帰りたくないとか、大口叩いて家を出た癖に親父に情けない姿を見せるのが嫌だとか、故郷には楽しみがないとか、吉原に行ってみたかったとか、浅草が遠くなるとか、浅草オペラが観れなくなるのが残念だとか、松井須磨子《まついすまこ》ちゃんを観に行けなくなるのが残念で残念で断腸の思いだ、とか色々言って、仕舞いには一番好きな須磨子ちゃんの演目のサロメを叫びながら泣き崩れて寝ちまったんだぜ。まぁ男なら、一枚一枚布が取れていくあの演目が観れなくなる辛さも分からなくないが、なぁ」

そうして声を上げて笑いながら、萊閃の背中をパンパンと軽く叩いて厨房の方へ向かった。

今のは聞かなかったことにした。葵屋の家族のためにも。

三、

萊閃はそれから路面電車に乗って、浅草へ向かった。大正の浅草には至る所から人が集まった。大通りを東へ進み角を左へ曲がれば、レンガ造りの仲見世と、その手前に浅草のシンボル雷門。その左、浅草寺観音堂の西に位置するのは日本有数の動植物園花やしき。その後ろに聳《そび》えるのは浅草十二階ことシンボルタワーの凌雲閣《りょううんかく》。帝都を一望できるその塔の南に、見世物小屋と数多くの演劇一座が軒を連ねており、老若男女身分問わず多くの人々が集まった。人が集まれば情報も多く集まる。なので萊閃は帝都で事件の手掛かりを探す時は浅草へ寄ることが多かった。けれども今回の浅草では情報収集より先に済ませる用事があった。以前、お世話になった人が二日前に大火傷を負って入院しており、面会時間が終わる三時までに浅草の病院へ見舞いに行くことにしていたのだ。

萊閃は停車場が近づく路面電車の車内で腕時計を見た。面会時間を考えると、じっくり聞き込みをする時間はなさそうだった。停車場で降りると仲見世で見舞いの品を買った。

そして風呂敷を手に病院へ向かった。

二階建ての病院の正面を前にして、ヒナギクの声を聞いた萊閃の顔が固まった。面会の間、手綱のないヒナギクをどうするか全く考えていなかった。

病院を囲む塀に凭《もた》れて、ゆっくりと鞄を下ろし、白い雪のような猫を抱き上げて言った。

「ヒナギク、申し訳ないんだけど。病院の中にいる間は外で待っていてくれないか？」

ヒナギクは少し不服そうだった。

「分かった？」

顔を直視しようとしなかった。

愛猫を下ろして鞄を背負い、そのまま院内へ入ろうとする萊閃の後を追った。

「駄目だ、駄目だって」

ヒナギクは飼い主の後を追うも二度、三度押し返された。そして萊閃が病院の方を向くと、鞄に飛び乗り、頭から鞄の中へ素早く潜り込んだ。三度目の正直だった。萊閃は予想外の重みにふらついた。再び鞄を下ろして、ヒナギクを出そうとするも、爪を鞄の底に引っ掛けて抵抗された。鞄を置いて行こうかとも考えたが、背中に爪を立てられたり、風呂敷に飛び乗って見舞いの品を台無しにされたりしては困る。

「しょうがないなぁ」

苦笑した萊閃は鞄をそっと地面に置くと、中からメモ一式と懐中電灯を取り出して外套とズボンのポケットへ入れた。

「その代わり鳴いては駄目だ。動物からただの物になるんだ、良いかい？」

ヒナギクは退屈そうに欠伸《あくび》をした。萊閃は学帽を鞄の上へ乗せ見舞いの風呂敷を腕に通すと、鞄を両手で持ち上げた。そして扉に凭れかかる様にして、病院の中へ入った。

十二月一日の待合室は人が多かった。ゆっくりと杖をついて診察室へ向かう気だるげな猫背の人、木製の椅子に座って口を抑えながら咳き込む青年。大声で泣きながら順番を待つ歪《いびつ》な腕の子供と心配そうな母親、男の子の泣き声に顔を顰《しか》めながら会計を済ませている人、専門用語で会話をしながらせわしなく通り過ぎていく白衣の人々、病院の入口に近い通路で肩を落としながら壁と話している男。聞こえる声と聞こえない声、見える病と見えない病が混在する空間に萊閃は溶け込んだ。

階段を上がり、受付で案内された病室へ入ると、恰幅《かっぷく》の良い男が、包帯で巻かれて眠っている人の隣に座っていた。椅子の男が足音を聞いて振り返ると軽く頭を下げた。

「お久しぶりです」と萊閃も会釈を返す。

椅子に座っている男は葛山達郎《かつらやまたつろう》。友綱《ともづな》部屋に所属する幕下力士である。眠っている男は國見山悦吉《くにみやまえつきち》。九代目放駒《はなれごま》を襲名している温厚篤実な元大関である。親方となる前から人気が高く、垂れ目な色白美男力士と評判だった。萊閃が帝都へ越してきて間もない頃、この男の家にしばらく厄介になったことがあった。人の良さがにじみ出ているその顔にも包帯が巻かれている。

十一月二十九日、陽が昇る前に国技館が燃えた。福井軒という国技館の売店から出た火は半刻ほどで建物を飲み込んだ。それだけでは飽き足らず南側にあった回向院《えこういん》にも手を伸ばした。深夜一時半に半鐘が鳴り響き、目を覚ました人々は国技館の赤い光を見て愕然としていた。

その夜の国技館には当直監督の國見山と、代わる代わるに番をする事務員が十数人いた。火事を知らせる夜番の一声で飛び起きた國見山は、迷うことなく部屋にあった消火器を手に取った。そして服装も整えぬまま廊下へ出ると煙が濃い方へ走った。消火器の場所を確認しながら、汗をかいて走っていると次第に炎が見えた。

既に出火した売店以外にも火が回っていた。消火器を構え、詰め寄りながら放射した。中身が空になると走って他の消火器を手に取り、再び詰め寄った。いつの間にか羽織に引火していた。構わず続ける。雨が降ろうが槍が降ろうが、相撲のできるこの場所をなくすわけにはいかなかった。相撲好きが愛するこの場所を、多くの人の努力が実ったこの建物を絶対に焼失させまいと必死だった。

國見山は火の横綱相手に一生に一度の大取組を挑んでいた。だが、力及ばず火の勢いは止まらなかった。横綱を応援する熱い群衆の中で膝が地面につき、どさりと倒れた。そこへ事務員たちが駆けつけ、顔と手足の火を消した。昏倒した國見山は国技館近くの自宅へ運ばれ、三人の医師から応急手当を受けて一命を取り留めた。その後安静が必要と診断され、明治病院にしばらく入院することとなった。

火事の一報は、東京大相撲協会の理事や巡業に同行していなかった親方たちの耳にも届いていた。しかし、彼らは消火作業を後に回し、相撲好きだった明治天皇のご真影や皇太子への献上品を移動させていた。

こうして国技館は焼失し、回向院の本堂も玄関を残して焼けてしまった。けれども、この火災で國見山以外に怪我をした人は誰一人としていなかった。

「國見山さんの容体はどうですか?」

萊閃が座っている男に果実が入った風呂敷を渡して聞いた。他に見舞いに来ている人はいなかった。葛山は首を横に振った。

「今は安定してるっす。医者が言うには、火傷の処置がもう少し遅かったら、というところだったみたいっす。親方は、角界のお偉いさん方や記者たちと話していたら疲れちまったみたいでして、客が皆帰ったら倒れちまいました。医者に診てもらったら、しばらく安静が必要ってんで入院になったんす」

「そうですか、命に別状は？」

「ないみたいっす。けど、念のため検査もするみたいっすよ」

萊閃はそうですか、と安堵した。そして葛山が違う話題を振った。

「ところで、松島君は今、探偵のお仕事をしてるんでしたっけ？」

「相談士ですね」

「して、相談士とは？」

萊閃は、探偵も兼ねた様々な悩みを聞く助言者だと言った。葛山が納得した様子で大きく頷いた。

「それじゃあ相談士の松島君と探偵の萊閃君に、気になる噂と妙な出来事の話があるんっす」

「つまり、自分に用事が二つもあるのですか？」

嫌な予感がした。萊閃は一つ一つの仕事を着実に期待以上にこなすけれども、複数の依頼を同時にこなすことが苦手だった。

「そうっす。まず、聞いてほしいことなんすけど、親方がこうなってしまった両国の火事が漏電によるものだって話は聞いてますかい？」

「ええ、紙面で國見山さんがそう言ってましたね。ただ、新聞記者を本業とする自分の先輩が昨日言っていたのですが、その後の取材で売店の火消壺の後始末を怠ったことによる失火が原因だと分かったそうです」

そうっすか、と言って俯《うつむ》いた。窓から見える西の空のように葛山の顔は曇っていた。同時に萊閃は失態を悟った。開いた口は噤《つぐ》んでも、出てしまった情報がなかったことにはならない。

「ただ、あっしは考えてるんすけど、実は誰かが当直で一番上の立場の放駒親方を狙った放火なんじゃないか、って。もちろん、親方は人から恨まれるようなことはしない人だって分かってるんすけど、知らず知らずのうちに恨みを買ってしまうこともありますし。今度は、犯人が直接親方を……」

「大丈夫です。親方を殺そうとしている人もいませんし、協会から追い出そうとしている人もいませんよ」

伏し目を見ながら萊閃は力強くもゆっくりと言った。

「実は昨日、親方を狙った放火かもしれないと思って調査しました。自分が出向いたところ、理事さんや協会のお偉いさん方は残り火の処理に忙しいと門前払いされましたが、事務員さん全員から話を聞くことができました。その限りでは、国技館に勤めている事務員さんたちは國見山さんを尊敬していて、皆口々に頭が上がらないだとか、土佐人だけど周りの人との関係を本当に大切にしている人だって言っていました。だから長年付き合いがある事務員さんが放火するのはないでしょう。あと協会のお偉いさん方ですが、顔の広い相談室の室長が、浅草へ足を延ばすついでに聞いてきたんです。そして理事長さんはこう言っていました。自分たちの大切な場所に火を放ってまで他人を貶《おとし》めようとする輩《やから》など許しはしない、と」

「そうっすか」

葛山は両膝に手を添えて深く頭を下げて、礼を述べた。部屋は少し暗くなっていたが、面《おもて》を上げた彼の表情は少し良くなっていた。萊閃は新品のシャープペンシルとメモ帳を素早く取り出して、構えながら聞いた。

「それで、妙な出来事というのは？」

安堵した葛山が身振り手振りを交えて話し始めた。

「あっしらは普段から特にお世話になってる皆さんに少しでも恩返ししたく、回向院と国技館の周辺を当番制で見回ってるんすよ。それで、妙な出来事があったのは昨日の朝のことだったっす。あっしは、見回りの手伝いも兼ねて日課の犬の散歩に出かけたんす。回向院の境内を歩いていると、見回り当番の他の部屋の連中とうちの部屋の数人とで何かを囲んでいたんす。近寄ってみると、焦げた石畳の上で男二人が赤フン一丁で寝ころんでいたっす」

萊閃は相槌を打ちながらメモ帳のページをめくった。落語を演《や》るように、葛山は話を続けてゆく。

「和尚さんが必死の思いで本堂から持ち出した大観音様の前で、そうなっていたのを他の部屋の当番が発見したみたいっす。そいつらは二人ともススの付いた小さな観音様を大事そうに抱いてたもんで、常に観音様を抱きかかえて持ち歩くたぁ信心深いやつだなぁと彼は感心して、そんな呑み助をこのまま放置して風邪ひかせちゃいけない！　ってんで人を呼んだらしいんす。そしたらあっしみたいな野次馬も数人ついてきて、寝ている二人を取り囲んで、どうしてこうなったのか、ああでもないこうでもないと話していたんす。んで、見回りの彼が片方の腕の中から観音様を退《ど》かそうとしたら目を覚まして、真っ青な顔をしてしばらく固まったんす。氷が解けた赤フンは急に飛び起きて、抱いていた観音様に向かって土下座して、そのまま腕で目を覆いながら大声で泣いて懺悔したんっす。『ごめんなさい、ごめんなさい、俺たちを地獄へ落とさないでください』って。泣き声で起きたもう一方の男もささっと正座して、『俺ら田舎者は貧しくて、苦しくて、観音様を溶かして金にしないと生きていけないんだ。だから仕方なしの悪行を許してください』って、すすり泣きながら言ったんすよ。さすがにあっしらも情が動いて警察に通報しようか迷いまして、どうするか話し合ったんす。……でも、あっしは見てしまったんすよ。話を聞きながらよくよく二人の様子を観察すると、大泣きしている方は涙が流れてなくて、顔面に見えた光るものは、腕でこすりつけた鼻水でして。んでもう片方の男は、すすり泣くふりをしながら横目で逃げる機会を窺っていたもんで。通報しようという話の流れになったら声量を上げて泣き声を上げる輩だったんで、怒ったあっしらによって性質の悪い泥棒たちはそのままお縄となった訳っす」

「なるほど、確かに妙ですね」

聞き流しながら適当に相槌を返して、ふと眉を顰《ひそ》めた。ペン先から流れるサラサラという音も止まった。

「ですよね、どうして真冬に裸で寝ていたんでしょうかね」

あぁ、そこか、と納得して三回頷いてペンを走らせる。

「初めは見回りの力士の言う通り泥酔してそうなったんじゃないかとも思ったんすけど、捕まった火事場泥棒の二人に警察が来るまでの間に聞いてみたらどうも違うみたいっす。『境内に眠っている次郎吉《じろうきち》の幽霊が俺たちを懲らしめたんだ』『幽霊や神様なんかいる訳ないが、そうとしか考えられないんだ』って」

「鼠小僧が？」

葛山は大真面目に頷いた。

「泥棒たちが言うには、焼けた寺の中から観音様をもって退散しようとしていたら、急に立っていられないほどの風が吹いたらしいんす。んで、気が付いたら二人とも襟を誰かにつかまれて空へ放り投げられて、頭に強い衝撃を感じた後、気が付いたらこうなってたんだと言ってたっす。もう一人は閻魔様にお叱りを受けた、なんて震え上がってやしたけどね」

「そんな突風が、ですか？」

薬閃は質問しながら、また風か、と思った。

「ええ、そんで着物だけを盗られたみたいっす。焼け残った玄関前に置かれた金の仏具や仏様には目もくれずにっすよ？」

腕を組んで唸りながら首をかしげた。仮に鼠小僧の幽霊の犯行だったとしても、貧乏に喘《あえ》ぐ泥棒の着物を持ち去って貧しい人に渡すだろうか、持ち去るのならば金色の仏具ではないだろうか。仏具を売って赤フンの盗人のように金にしてばら撒くのではないか、と疑問に思った。また、葵屋の時と同じように盗まれた物が布で犯行時に風が吹き付けていたことから、関連性はあるだろうと考えた。

「二人が倒れていたという回向院の玄関はどうなっていたんですか。何か爪痕のような傷はありませんでしたか？」

「玄関は何ともなかったっすよ。ただ、境内の石畳にそういう痕がありやしてね。血の跡はなかったっすけど、鎌鼬のそれを思い出してぞっとしやした」

「そうですか、他にそういった話はありませんか？」

葛山は腕を組んで考え込みながら言った。

「火事があった夜のことなんすけど、浅草の肉屋や民家が荒らされたってのを聞いたっす。きっと捕まった二人組がやったんじゃないっすかね。あ、あと。半鐘を聞いて家の戸を開けると、腰ぐらいの高さの紀州犬が人を乗せて目の前を走っていったんす。そんなに大きい紀州犬なんて居るもんかなぁと思ったんすけど、なにせ寝ぼけていたもんで、気の所為かもしれないっすけどね」

萊閃は要点を書き込んだメモ帳を閉じた。

「奇妙で貴重な情報、ありがとうございました」

椅子に座ったまま一礼して立ち上がった。

「それでは失礼します。國見山さんが起きたら、お大事にと、伝えてください」

「承知しやした。こちらこそありがとうございまっす。お仕事と、あと学業の方も頑張ってください」

萊閃は苦笑して、中のヒナギクを気にしながら鞄を背負った。そして親方と葛山に一礼すると、来た道を引き返して一階へ降りた。

背中を揺らさないようにしながら歩いていると、待合室の方から壁と話していた男が歩いてきた。男は死刑宣告を受けたような表情で肩を落とし、ぼんやりと口を開けて、うつろな目を向けてこちらへ歩いてくる。萊閃は学帽を深くかぶり直し、つばを持ち、心なしか靴音を速めた。

いつしか鞄から顔を出したヒナギクが、男を目で追いながら鳴いた。院内では聞こえるはずがない異質な動物の声が二人の耳に届いた。

声を聞いた男が振り返り、あなたは、もしや、と言った。そして、狐や狸が化ける時に使う道具のように、鞄の蓬色の蓋を頭に乗せた猫の顔を見ながら、片手を伸ばして近づいてきた。

萊閃は歩調をそのままに、ヒナギクに、まだ物でいて、と囁いた。ヒナギクが近づいてくる男から目線を逸らし、何も言わずに鞄に化ける。

「待ってください、その書生の方」

男の大声で看護師が何事かと病室から顔を出して引っ込める。構わず歩く。

「相談士の萊閃さん！」

名前を呼ばれて、さすがに歩みを止めた。つばを手に持ったまま振り向いた。この依頼人と会うのは少々気まずかった。

この依頼人、竹中《たけなか》は行方不明となった息子の捜索を依頼していた。

行方不明となる発端は三年前まで遡る。竹中の兄は軍需産業で成金となっていた。だが、帝都に住む兄夫婦には子供がおらず、養子を欲しがっていた。そこで竹中は、帝都で勉学に励むことを期待し、山梨から次男を送り出した。成果として近況を書いた手紙を送ることを約束していたが、便りはなかった。一年待った、二年待った。それでも返事は一度も返って来なかった。

流石《さすが》に心配になって兄に訊ねると、

「数ヵ月前までお前の望み通りになるよう躾《しつ》けたが、あまりにも聞き分けが悪かったから追い出した。今、どこに居るかは知らん」と平然と答えた。

そうして竹中は兄の家で一悶着を起こした。怒りに任せて兄弟の縁を切り、仕事のために帰郷するその日まで帝都を奔走した。けれども行方は摑めず、自分の代わりに息子を捜すよう成瀬相談室に依頼したのだ。

竹中は萊閃だと分かると、先ほどまでの死人顔が嘘のように晴れた。

「やっぱり、そうでしたか。猫を鞄に入れて帝都を闊歩する書生はやはりあなたぐらいなものですから」

「成瀬相談室の招き猫ですからね。ヒナギクが居ないと依頼が三割くらい減るんですよ」

そうですか、と竹中は笑みを浮かべて言った。

「あの、それで駿一郎《しゅんいちろう》は、見つかりましたか?」

「はい。ヒナギクや他の相談士の協力で、やっと有力な手がかりを見つけました。それをこれから確かめに行くのです」

萊閃は当たり障りのないことを言った。捜索は難航していた。

竹中が地元へ帰った後、萊閃たちは成瀬の指示の下、駿一郎の伯父の家に近い万年町の貧民街から順に、円を広げるように捜した。悪臭のため招き猫は事務所で留守番をしていた。他の依頼もこなしつつ、貧しい人々が肩を寄せ合って暮らしている帝都中の区画をあらかた捜し回った。けれども十二歳の少年は見つからなかった。手がかりのない日々が二ヵ月続いた。

そして帝都郊外へ捜索範囲を広げようか検討していた九月三十日、風速四十三メートルの風と高潮に襲われた。帝都をかき乱した台風は、貧民街や関東地方の漁村、農村を中心に多くの死者と行方不明者を出した。台風の襲来により必然的に駿一郎の捜索は後回しになった。台風からの復旧を手伝う中で、身元の判断がつかない遺体の対応を軍人から命令された。その中に子供の亡骸《なきがら》もあり、知らないうちに駿一郎を火葬してしまったかもしれなかった。

そんなこととは露知らず、竹中が嬉しそうに言った。

「成瀬さんにお任せしてよかった。手がかりを見つけたのなら、私もぜひ同行したいのですが……」

萊閃の腕が、頬が緊張する。

「実は今回、久しぶりに休暇が取れたので、相談室へ直接調査状況を伺おうと夫婦で帝都に来たのです。けれども、昼前に妻が倒れて入院となってしまったので、治るまでしばらくこちらで看病するつもりです」

萊閃は複雑な顔で、つばの手を下ろした。

「そうですか、それは」

「いえいえ、そんな、お気になさらず！　きっと、駿一郎の元気な顔を見ることが何よりの薬になると思います。師走だというのに仕事を休んでしまったので、次に帝都へ来るのはいつになることか……。ですので、何卒よろしくお願いいたします」

竹中が深く一礼した。誤魔化しによって出来た棘が刺さり、萊閃は顔を顰めた。

「分かりました。善処、いたします」

竹中は軽い足取りで看護師が居た病室へ入っていった。病室からは看護師と竹中の話し声が聞こえた。その場でシャープペンシルを動かした萊閃は、捜査の記憶と記録を胸元のポケットに入れ、長嘆息をついて、重い足取りのまま病院を後にした。

四、

萊閃は隅田川に沿って北へ向かい、大通りへ出ると左へ曲がった。鞄から降りた雪のような毛並の猫がその後をついてゆく。そのまま歩道を歩いていると、公衆電話から見慣れた女性が出てきた。

島田髷《まげ》や庇《ひさし》髪のような髪型に和風ないでたちで浅草を歩く女性が多い中、彼女の髪型と淡い黄色の洋服はひと際目立っていた。

ヒナギクが萊閃を追い抜いて、電車を気にしながら線路を越えて駆け寄って行った。そのショートボブの女性が、足元にすり寄る白猫に驚くも、桜色の洋傘を腕にかけると慣れた手つきで抱き上げた。

「月宮《つきみや》さん、お仕事ですか？」

ヒナギクを抱いたスラリとした女性に話しかけた。声を聞いて振り向いたその女性、月宮は相談室の仕事を莱閃に教えた人であり、彼が事務所で一番信頼を寄せている先輩である。相談室の前身である成瀬探偵社の手伝いとして、女学生の頃から働いており、女学校を卒業し日月新聞に入社した後も情報収集に協力している。大正の新聞記者たちは自ら取材に赴くのではなく、読者からの投稿を主な情報源として取材をしていた。様々な噂が自然と集まる相談室は月宮自身にとって都合が良かったのだ。

ただ、その丸顔にいつもより陰りがあることが莱閃は気になった。

「あたしは取材を終えて報告をしたところよ。ライちゃんは？」

「國見山さんのお見舞いをしてきたところです。これから浅草六区で聞き込みをしようと思っていたところなんですが、この後は？」

「そうね。ちょうどティータイムだし、ミルクホールで一息ついてからもう一仕事片付けようかなって考えてるけど。よかったら一緒にどう？」

「いえ、その。聞き込みがあるので」

「あら、矢継ぎ早なその答え方は、ひょっとしてまた依頼を受け過ぎたとか？」

「……はい」伏し目がちに言った。こういう流れになるのは何度目だろうか。月宮は微笑みながら言った。

「遠慮しない、気にしない。誰かのために動いて、誰かの笑顔を見ることが嬉しいのは分かるけども、人には人それぞれの器があって、その大きさ以上の水は入らないものだから、何度も失敗して一人でできる限界ってものを知るのよ。一人だったらそれ以上水は入らないけど、誰かの器が積極的に水が落ちないようにフォローすれば、みんなで互いに積極的に助け合えば、一人では絶対にできないこともできるようになるわよ」

「でも、仕事があるじゃ……」

「いいって、いいって。あたしも聞き込みだから、ひょっとしたら同じかもしれないし。とりあえず、依頼のことはあそこのカフェーで一杯飲みながら話しましょう」

彼女は交差点の角を指さした。そこには白と紅で彩られたパリがあった。テラス付きの喫茶店の外の椅子に腰かけている人は誰もいない。

「あのお店にはよく行くのですか?」

「ええ、店の雰囲気がいいから、資料とか読んだりして時間をつぶしたい時によく利用するわね。あの店なら行っても大丈夫でしょう?」

「そうですね。テラス席ならヒナギクが居ても問題ないと思います」

二人は線路を横切って、店の赤い扉を押した。

「いらっしゃいませ」

カランカランとベルが鳴ると、片手で机を拭いていた割烹着の女給は条件反射で言った。そしてもう片方の腕で茶色いトレイを抱いたまま扉の前へ近づいた。U字形のホール左奥から流れてくるレコードが落ち着いた雰囲気を演出している。

「お客様は二名さま……」

その下に明るい赤紫色の和服を着た女給がこちらを見て言いよどんだ。ホールの従業員は一人だけだった。

「ええと、その、大変申し訳ないのですが、そちらの、白菊のように可憐で愛らしいお方向けのお料理は、当店では……」遠まわしに猫の入店を断りながらも、それが気になっているようで、時折目線が泳いでいた。

「外の席に座るから大丈夫。それに抜け毛の時期でもないし。もちろん、汚さないよう気を付けるわよ」

「お願いできませんか?」

萊閃はヒナギクの喉を撫でながらおずおずと頼んだ。

「分かりました。そ、それでは、ご案内いたします」

くるり反転した彼女の隣を、抱かれることに飽きたヒナギクが通り過ぎた。そのままテラスの一番奥のテーブルにひょいと飛び乗ると、座って丸くなった。腹の横に「予約席」の文字が書かれているかのようだった。

「あの席で大丈夫ですか？」

女給は伏し目がちに黙ったままコクリと頷いた。萊閃が先に店内を見渡せる椅子に座り、月宮が対面に座ると、女給は慌ててメニューを持ってきた。

「それでは、ご注文がお決まりになりましたらお呼びください」

島田髷の女給は、細長いメニューを開いてヒナギクの隣に置くと、足早に去っていった。

萊閃は一息ついてメニューを眺めた。ミルク、コーヒー、紅茶、レモネードといった飲み物と、サンドウィッチやトーストなどの洋風の軽食が書かれていた。対面に座る月宮は鞄から取り出した資料の束を一枚一枚めくっている。

「メニューを見なくてもいいのですか」

「あたしは決まっているから、ライちゃんが決まったら呼んで頂戴《ちょうだい》」

萊閃は頷いてメニューを裏返した。裏面にはショートケーキやチーズケーキなどの西洋甘味が書かれていた。食べたい菓子がなかったのでメニューを閉じた。

女給が伝票を見ながら去っていくと、受けた依頼について月宮から聞かれた。萊閃は頷いて、葵屋の事件の概要を伝えた。レコードから流れていたピアノの音は概要を話しているうちに聞こえなくなった。

「これはライちゃんだから言うけど、あたしはここひと月半くらい泥棒を追いかけまわしていたのよ。その泥棒は通り魔的な泥棒や家屋と商店荒らしばっかりでね、しかも盗むものはほとんど食べ物だったわ」

「葵屋の犯人と何か関係が？」

「同一犯じゃないかって思ったの。その泥棒が襲う前にも風の音が聞こえたらしいの。あたしが犯行を目撃した鎌鼬と同じように」

「風の音といえば、回向院でもこんな出来事がありました」

そう言って回向院での泥棒二人組の事を話すと、月宮が大声で割って入った。

「待って、それは本当？」

「それ、というのは」

「回向院で捕まった二人組が妙な風に襲われたっていうことよ」

「葛山さんから聞く限りでは、です」

「まだ確認していないのね」

「はい。葛山さんが言うには、鎌鼬を思い出させる爪痕が境内に、しかも石畳にあったそうです」

「でも、元々あった傷かもしれないからそれだけでは判断できないわよ。ライちゃんが言ったように、大正の鼠小僧の仕業かもしれないし。ともかく、住職さんに聞かないと……」

前のめりになっていた月宮が椅子に凭れて神妙な顔になった。月宮は、鎌鼬が人を切り裂く瞬間を目撃して、唯一生き残っている人物だった。

「でも、鎌鼬って殺人鬼ですよね」

「一般的にそう言われているわ。妖怪の仕業だって本気で信じている人も結構いたのよ」

鎌鼬といえば、今年の九月まで帝都を恐怖に陥れた連続殺人犯だ。鎌鼬は必ず日没以降の時間帯に現れ、風と共に狙った人の命を必ず刈り取っていった。犯人は鎌で切り裂いたような爪跡を三つ残したのでいつしかそのような渾名《あだな》がつけられた。本当に妖怪の仕業ではないかという噂も飛び交った。そして初犯から時間が経《た》てば経つほど、その噂が現実味を帯びていった。

萊閃たちも警察から協力を要請されて鎌鼬の正体について調査を行ったが、ほとんど有力な情報を入手できなかった。手に入った情報といえば被害者が絶命する寸前に伝えたこと、襲撃前に口笛が失敗した時の高音に似た風の音を聞いたということだけだった。だが、台風の頃を境に三本の切り傷が致命傷となった殺人はパタリと途絶えている。

「でも、捕まったのよ」

「何だって！」

驚嘆の声と共に、今度は莱閃が前のめりになった。飲み物を運んでいた店員が彼の声に驚いて肩を上下させた。盆上で波打つミルクティーがコーヒーと混ざり、こぼれた角砂糖にかかった。店員は嘆き声と共に洗い場へ向かった。

「それは、本当ですか」

「本当よ。回向院で捕まった二人が自供しているのよ。自分たちが鎌鼬だって、自分たちが何人も殺しましたって」

首をかしげて莱閃が言った。

「じゃあ、彼らを襲って昏倒させたのは？」

「そう、そこが腑に落ちないのよ。動機に関して捕まった二人は、警察をコケにしたかったからだとか、有名になりたかったからとか言っているけど、一瞬にして命を奪ったその手口に関しては黙したままなのよ」

「グレーですね。それだけじゃあ泥棒の二人組が鎌鼬だとは言えないですよ」

萊閃も腕を組んで凭れた。月宮は肯定して、ため息をつきながら言った。

「そうよね。でもまだ白黒ついていないっていうのに、警察といくつもの新聞社が足並みを揃えて、明日の紙面に犯人を公表して事件を終わらせるらしいのよ。誰がやったか、どうしてやったか、そしてどうなったのか。読者の関心を集めるのはこの辺だから、筋道を通した文章を新聞に発表し続ければ、たとえ嘘でも本当になってしまうのよ。だから、記者の一人として、嘘が真実になることだけは防ぎたいの。乃木《のぎ》大将夫妻が亡くなった時と同じくらいの、それでいて嘘つきの特ダネを一度でも世間に発表してしまうわけにはいかないの。でも……」

そう言うと、下唇を噛んで俯く。沈黙が流れた。

「どうか、しましたか？」

「ないわよ、何も」突っぱねるように言った。

「いつもより、声に元気が無いようですけど」

「そんなことないわ。いつも通りよ」

「会社で何か、あったのですか？」

「だからないって」

「もしあるのでしたら、自分に」

「決めつけないでよ、まったく」ひざ上の資料を見ながらため息をついた。

明らかに無理をしているようだった。少し間をおいて、薬閃が提案した。

「そうではなくて、自分は相談に乗った時の腕前を見てほしいのです。成瀬探偵社が名前を変えて相談室として再出発した時からいる、月宮先輩に」

口を開きかけた月宮が、視界の端に気配を感じて右を向いた。女給がにこやかに言った。

「お待たせいたしました、コーヒーのお客様は？」

薬閃が手を上げて、小声でヒナギクに床へ降りるよう促した。角砂糖が一つだけ乗った小皿が置かれ、カタカタ小刻みに音を立てながらコーヒーが置かれた。コーヒーの足もとに、スプーンがあった。

「こちら、ミルクティーになります」

カタリと、ソーサーが置かれた。女給は一歩下がって月宮の方に体を向けると、注文を受けた特製チーズケーキがもう少し後になることを伝えて一礼した。

「ねぇ、店員さん」

月宮が突然、一礼して去ろうとする女給を呼び止めた。

「わ、私に、何か？」女給は素っ頓狂《すとんきょう》な声を上げた。

「ほら、あたしじゃなくて彼女にお願いしましょう。唐突だけども、あなた、年はおいくつ?」

「じゅ、十六ですが」困惑しながら答えた。

「その年頃だったら、何か、悩み事があったりしない?」

「い、いえ、特には」

「品定めに来た常連さんから言い寄られて困っていたりしない? 息子の嫁になってくれないか、ってしつこく言われたりしてない?」

「今の私には夢がありますから、とお断りしています」

「だったら、お父さんにその夢を邪魔された経験とか」

女給は首を振って、やんわりと言った。

「今の私にはそこまで切迫した悩みがありません。せめて、私が良いと思った人と結婚したいと思っています。それが私の夢です」

「他に大きな夢がある訳じゃないの?」

「大きな、というと?」

「須磨子さんみたいな役者になりたいとか、記者として働きたいとか」

「夫が働いている間に家を守るのが女の務めですから、そのようなことは考えたこともないです。お見合い結婚が普通な世の中で、私のお父様は恋愛結婚することを許してくれたのですから、それだけでも十分です」

月宮は茫然としていた。目の前にいる十六の少女が十年前の自分と違うことを思い知らされた。

「それでは、どうぞごゆっくり」

そう言って一礼した女給は猫を気にしながら去っていった。

萊閃がスプーンに角砂糖を載せ、苦い水の中へ沈めて台風を作る。渦巻くコーヒーからスプーンを抜き取り、カップを口へ運ぶ。

「女の務め、か」

呟いた月宮が仮の話よ、と二度念を押して言った。

「数日前に上司から言われたのよ。そんなに働いて大丈夫か、いい人を紹介しようかってね。その時は心配して言ったのだろうって思っていたけれど、違ったの」

彼女は自嘲気味に笑った。萊閃は、ただ黙っていた。その足元で、ヒナギクが退屈そうに欠伸をして丸くなる。

「ライちゃんは市子先輩って知ってる？」

「はい。月宮さんが尊敬していた先輩ですよね」

「そう、海外で生きていけるくらい英語が堪能だった先輩よ。でもあたしには市子先輩の英語みたいに光るものもないし、特に才能なんてない。市子先輩が事件を起こして、退職届を出して、警察に出頭して。それからあたしは代役を務めようと一生懸命働いたわ。でも……」月宮の肩が震えた。

「さっき、ライちゃんと会う前に、電話で言われたのよ。四月から新しい人を迎え入れるつもりでいるから考えておいてくれ、って。鎌鼬の犯人が判明した途端にクビを言い渡されたのよ。会社にとってあたしなんて、鎌鼬の犯行を目撃して生きていたから雇っていたようなもの。事件が終われば、はい、さよなら。……こうなるのだったら、鎌鼬にあたしも切り裂かれていれば」

「そんなこと言わないでください」

「言いたくなるわよ！　籠の中のコウノトリは、卵を運ぶためだけに生まれてきたわけじゃないのよ、って」

月宮は堪えきれなくなって涙を流した。萊閃はどう切り出せば良いのか決めかねて、ただ黙っているしかなかった。

「お待たせしました。特製チーズケーキになります」

女給が、皿に倒した黄色い尖り帽子を二つ、トレイと手の上に載せていた。

「二つも、頼んでないわ」

すすり泣く月宮の前に差し出すと、両手でトレイを抱いて一礼した。

「作りすぎてしまったのでサービスです。甘いものは人を幸せにしますから、どうぞ、コーヒーと一緒に」

「いいえ、自分は……。それより月宮さん、ミルクティーが冷めてしまいますよ」

「そうね、いただきます」

月宮はそっと一口啜《すす》った。乾いた唇が潤い、鼻腔に芳醇な香りが広がった。

「甘いわ、とても、とても……」

ため息をついて、フォークを取った。雨避《よ》けの先から雫《しずく》がぽたりぽたりと流れ落ちていた。

萊閃はコーヒーを飲みほし、月宮が落ち着くのを待って質問した。

「一つ聞きたいのですが、その上司は月宮さんとどのくらいの付き合いがありますか?」

「関わるようになったのは四ヵ月前からよ。入社した時から居た人だけど、部署が違ったから接点がなくて」

「こうだ、って上司は言ったのですか?」手刀の先端で顎下を切った。

「言ってないわ、言っていないけれど、そう思えて仕方がないのよ」月宮がケーキの先端をフォークで切った。

「なら、前向きに捉えればいいのです。考えておいてくれと言われたのなら、新人教育を任されるのかもしれないですよね。ほら、月宮さんの教え方、要点を押さえていて分かりやすかったですし」

「でも、いい人を紹介するって、結婚して円満に辞めてくれってことじゃないの」

そうとは限らない、と首を横に振った。

「月宮さんほど仕事熱心な人に、辞めてくれと言う人はいないと思います。たぶん、無理して働いているように見えたのでしょう。鎌鼬の犯行現場を見てからというもの、絶対に犯人の尻尾を捕まえようと必死でしたから」

月宮のフォークが空中で止まった。

「それに、仕事と結婚、月宮さんが選ぶならどちらですか」

「もちろん仕事よ。あたしは今更結婚する気なんてないわ。頑固なお父さんから離れるために、お見合いをいくつも破談させて手に入れた自由だもの。仕事以外の誰かに自由を奪われるなんて真っ平だわ」そう言い放ち、フォークを勢いよくケーキに刺した。

「そう言うと思いました。その上司は他の女性のように結婚して恋愛をしたいけれども、縁がなくてできないと考えていたのでしょう」

「そうね。そうかもしれないわ。……ひょっとして、あたしの考えすぎ?」

「だと思います」

月宮は下を向いて咳払いをすると、コーヒーカップと手の付いていないチーズケーキを見つめて話した。

「それで、ライちゃんが相談士としてどうかってことだったわね。あたしが話したことは社会人の先輩として、仕事上でありそうな話をだいぶ盛って話したけど、って何で笑いを堪えているのよ」

「いえ、気にしないでください」

萊閃は取り繕う月宮を見ながら下唇を噛んでいた。

「いい評価をつけようと思ったのに。……お客様を笑うなんて最悪よ、もう」

月宮は、バツの悪さで頬をほんのり染めて、ふてくされたまま二枚目の皿を平らにした。

いつしか、浅草が時雨《しぐ》れていた。

そうして二人は、鎌鼬と火事場泥棒について話しはじめた。二人とも鎌鼬と泥棒の二人が、関連性はあるけれどもイコールで結びつかないという考えで一致した。そして鎌鼬が泥棒の二人と密接な関係にあるかないかという事で意見が分かれた。萊閃は、密接な関係はなく、鎌鼬の意図は分からないが、泥棒の二人はただ単に目立ちたかっただけなのではないかと考えた。月宮は、彼女が追いかけていた風による強盗と回向院の泥棒の黒幕が殺人鬼の鎌鼬で、鎌鼬が壊した後に泥棒たちが金銭を盗み、鎌鼬に渡していたのではないかと考えた。

最後に依頼の分担について話し合った。月宮は鎌鼬の証拠を調べるために回向院へ、莱閃は手掛かりを探しに浅草へ聞き込みに行くことになった。

月宮が依頼料代わりに二人分の飲食代を払っていると、入口のベルが鳴った。莱閃は年の近い女給のいらっしゃいませと共に振り返った。ベージュのハンチング帽とベストを身に着けた三十半ばの男性が、濡れた黒い蝙蝠傘《こうもりがさ》を傘箱に入れていた。

「お、やっと見つけた」

相談室の室長が、藍色の番傘を持ったままこちらを向いた。

「成瀬さん、どうしてここへ？」

「いやあ、雨が降りそうだったからな、お前が傘を持たずに出ていったのを思い出して届けようと思ってね」

「わざわざそれだけのために、ですか」呆れつつ、自分の番傘を受け取った。

「どうせ遊びのついでてでしょ」財布を鞄に入れた月宮が素っ気なく言った。女給がエプロンのポケットから布巾を出しながら、空いたテーブルへそそくさと向かった。

「違う、今日は違う！　ちょっと野暮用を済ませるついでだ。というか何で月宮もいるんだ」

「さっきばったり会って、ここで情報交換をしたの。それであたしは、これから泥棒二人組の主張を切り崩しにいくのよ」

「回向院で捕まった二人組だっけか？　萊閃が出た後に布施《ふせ》から電話があって、鎌鼬に関しては解決したから、探すだけ無駄足だと言われたが」

腐れ縁の警察官からの情報に成瀬は釈然としていない様子だった。

「解決した、じゃなくて、解決させようとしているんですよね？」

萊閃の問いに二人は即座に肯定した。

「ライちゃんから話を聞く限りどうしてもあたしの知る鎌鼬の犯行じゃないって思っていて、これから回向院へ行って和尚さんから色々お話を伺うつもりよ」

「なるほどな。それでこれを伝えたかったんだが、萊閃に良い知らせがある」

そう言いながら萊閃に紙を一枚差し出した。紙には角刈りの少年が鉛筆で現像されていた。

「漸《ようや》くだよ。お前を捜すついでにこれを持って聞き込みをしていたんだが、駿一郎君によく似た子供を上野と日本橋で見た人がいるらしい」

「本当ですか？」

「あぁ。今日の午前中に見かけたらしい」

萊閃は考えながら似顔絵を受け取った。誰かの家に居候しているのだろうか。

「どっちも貧民街があるわね。上野というと、駅近くの万年町かしら」月宮が言った。

「でも、どちらも調べたはずです」

「調べたって台風前の話だろう？　それに定住しているとは限らない。だから今日のうちに調べようと思っていたところなんだが。萊閃、上野の方を頼めるか？　俺は浅草を見てくる」

「分かりました、って日本橋は？」

「そっちは板木《いたぎ》に任せてある。終わったら京橋へ戻ってきてくれ」

それでは、と言って成瀬が足早に外へ出た。もう一度ベルが鳴り、扉の合間から蝙蝠傘の長い柄に手が伸びて、すぐに扉が閉まった。成瀬の楽しげな声が遠ざかってゆく。

「遊びに行く気満々じゃない……」

月宮も傘を取り、拳を握りしめて外へ出た。一段大きくベルが鳴った。

番傘を持ち上げて店を出ようとすると違和感があった。傘を少し開いてみると、芯に寄り添うように萊閃愛用の十手が括《くく》り付けられていた。元軍人だけあって、用意周到なところは流石だった。

十手を鞄へ入れ、ヒナギクを呼んだ。反応がない。もう一度呼んで周囲を見回しても見当たらない。

まだテーブルの下で寝ているのかと思って戻ってみるも、テーブルを拭く女給が居ただけだった。

「あの、そのテーブルに案内された時に、ひょいとテーブルに乗った白い猫を見ませんでしたか？　自分の愛猫なんですが……」

彼女が手を止めて答えた。

「はい、テーブルの下ですやすや眠っていました。あまりにも可愛らしいその子を書生さんの元へお持ちすべく、撫でて抱きかかえようとしたら、私の手をひょいひょいとすり抜けて、他の猫と一緒に行っちゃいました」

「そうですか」

きっと、上野か浅草にいる友達の猫と遊びに行ったのだろう。気ままなのは猫だから致し方ないとは言えど、時雨に打たれて風邪を引かないか心配だった。

「あの！」

去り際に女給に呼び止められた。振り返ると、白い割烹着の前で指を絡めた彼女が俯いた。そしてしばらくすると意を決して、

「またのお越しを、お待ちしています！」

と裏返りそうな力強い声で言った。萊閃は不思議に思いながら、頷いて店を後にした。

五、

帰宅ラッシュの満員電車を避け、三十分ほど傘を揺らして歩くと上野駅が見えた。駅前の通りでは、雨避けの藁を載せた台車を引く男や、会社帰りのサラリーマンらしき男たち、荷車を牛に引かせている男、人力車を引いている男が、せわしなく歩いている。

改札の横で、萊閃より年上の若者たちが叫んでいる。ある者はメガホンを手に、ある者は箱代わりの鉄鍋を手にして、恵まれない子供たちへの募金を必死に呼び掛けている。けれども駅前の男たちは目の前だけを見ていた。

改札から出てきた老婆と幼い子供が一銭硬貨を一枚差し出した。鍋を持つ若者が屈《かが》んで差し出す。黒い綺麗な鍋の底へ音もなく硬貨が吸い込まれると、若者たちは大声で感謝の

言葉を述べた。六歳くらいのその子供は、身なりの良い老婆に手を引かれて、満面の笑みを浮かべて、若者たちに手を振りながら、霧雨の上野に溶け込んでいった。

駅前を右に曲がり、瓦屋根と西洋建築が混在する通りを線路沿いに北へ進むと、高さの違う木の板が波打つように囲む区画が見えた。その区画は車窓から見る帝都の景色としてふさわしくないものだとして、政府によって目隠しが作られた。細長い板を何枚も使って作られた目隠しも、所々台風で折られたままになっている。

その区画の中へ入ると、時間が百年以上飛んだと錯覚した、混沌としていた。南北に長い三角地帯に、二百五十ほどの家々が長屋を形成していた。どの家にも瓦が載っていなかった。屋根すらないものもあった。壁が壊され、冷たい雨風が家の中へ吹き込む家もあった。それでも、人々は暮らしていた。

萊閃は傘をさしたまま、似顔絵を手に長屋を回った。北へ行けば行くほどひと気のない家が目立った。

一軒目に住んでいたのは白髪の老人だった。茣蓙《ござ》の上で寝ころんでいた老人は、萊閃の身なりを見ると、知らん、と馬鹿の一つ覚えのように繰り返した。二軒目では、暗闇の中で禿げ頭の女性が仏像を枕元に置いて寝ていた。部屋の中から漂う酸性の異臭に思わず鼻を覆った。戸口の足音を聞いたその女性は、こちらを向いて、来るな、帰れ、とか細い声で言った。布団から出した手が震えている。流行《はや》り病にかかっていると理解した萊閃は足早に次の家へ向かった。三軒目を覗くと男が布団に入ってすすり泣いていた。そっとしておくことにした。隣の四軒目では、濡れ鴉《カラス》が胸骨にとまって腐った肉を啄《ついば》んでいた。見なかったことにしたかった。過去の記憶に胃を握り潰されるような心持ちで、別の長屋へ走った。

長屋と長屋の間の、暗く狭い路地を歩いていると、鋭い眼をした男に突然胸倉を掴まれた。裾の破れた背広を着たその男は、ひたすら自分の境遇への不平不満を言い続けた。俺がこんな所に居るのは社会の所為だ、社会を管理する政府の所為だ、四十過ぎてクビ切られたら再出発出来やしねぇ、役所に問い詰めたらそんなこと知らんなどとふざけたことを……などと因縁をつけて、細い腕で萊閃の顔を一発殴って去っていった。軽い一発だった。

ごめんください、と八軒目を覗くと、目の垂れた初老の女性がひびの入った湯飲みで一息ついていた。萊閃を見るなり、お上がりなさい、と促し、萊閃は流されるままに荷物を置いて座ってしまった。老婆には話を聞いて分かってくれる相手が居なかったようで、職業柄話を真剣に聞こうとする萊閃に嬉々として自分の苦い思い出を語り始めた。

十五の時に吉原へ売られたこと、一人目の子供を流してしまったこと、罪悪感に苛《さいな》まれて下腹部を内側からノックされる悪夢を何度も見たこと、そんななかで二人目の男の子を産んだこと。客だった別の男性と結婚して全く自分に似ていない娘を育てることに反吐《へど》が出る思いをしたこと、遊女だったということで隣人から蔑まれたこと、その不平不満を全て義娘にぶつけてしまったこと。離婚して息子と二人暮らしを始めたこと、息子の乗る船が玄界灘に沈んだこと。何もかもが嫌になってここへ逃げ込んだことを。

火鉢を挟んで正座している十六歳は助け舟を求めた。予想をはるかに上回る人生の重みから逃れたかった。何とかして話題を逸らしたかった。白い天使の鳴き声を期待して、横目で何度も何度も入口を見るも、ヒナギクは現れなかった。

「息子の戦死を聞いた儂《わし》はひどく後悔した。産んだ子供は皆、儂の最後を見ることなく逝ってしまった。親の死に目に会えない子供は親不孝者だというがの、自分のこととお金を稼ぐことに必死で、子供に人の優しさと生きる喜びを教えられなかった親も大概じゃ。子不孝者じゃ。じゃからしばらく子供の笑顔を見たくなかった。帝都の底辺におるゾンビィにその太陽は眩しすぎるのじゃ。けど、な」

老婆は白湯《さゆ》を啜った。顔を綻《ほころ》ばせて白い息を吐いた。

「儂はまだ、腐ってなどおらんかったわ」

ぬかるみを滑る音がして、莱閃が戸口の方を見た。草鞋《わらじ》を履いた男の子が準備体操の伸脚の姿勢で、左手を腰に、掌を股下に衝《つ》いてこちらを見た。

「おばあさま、カケルからおすそ分けをいただきました！」

「そうかい。ほら、変な格好でじっとしてないで、早う礼言っといで」

「はーい」

額に痣《あざ》のある男の子は素直な返事をして走っていった。

孫ですか、と戸惑いながら聞いた莱閃に、老婆はまさか、と笑い、

「三途の川辺で見つけた儂の宝じゃ」

と言って昔話を続けた。

二年前まで老婆は農村から上野まで農産物を売りに来ていた男の仕事を手伝っていた。給料代わりに貰う食べ物と、料理店の生ごみを貰ってなんとか食いつないでいた。

ある日、荷車に野菜をのせて郊外の川を渡っていると、河原の石を積み上げている子供を見かけた。二日続けて見かけた。彼女は橋の上で荷物と一緒に、事情を聴きに行った男を待っていた。その男の子は母親が戻ってくるまで石を積み上げるよう言いつけられているようだった。

三日目も、四日目も積み上げていた。男は止めさせようかと提案したが、彼女は人様の家の問題に足を突っ込むべきではないと判断した。

六日目に橋を通りかかると、その男の子が倒れていた。彼女は男に手綱を渡すと無我夢中で河原へ駆け下りた。躊躇《ちゅうちょ》しなければよかったと後悔した。男の子はまだ息があった。肩を叩くとうっすらと目を開けて、お母さん、ごめんなさい、と言った。元母親は男の子を抱きしめた。強く抱きしめて言った。もう石を積むのはやめなさい、むしろ謝るのは私、ごめんなさい、ごめんなさい、と涙を流した。

回復した男の子は老婆と住むことになった。男の家にもう一人育てるほどの経済的余裕がなかったこともあるが、男の子が老婆にどことなく懐かしさを感じていたからだった。

「儂は他に子供二人の世話をしておる。一人は孤児院から逃げてきて、もう一人は台風で両親を亡くしてしまった子じゃ。先ほど戸口におった次郎が言うにはの、孤児院はここより酷く、入居順に決められた上下関係が厳しい生き地獄だったそうじゃ」と言って、白湯を飲み干した。

「それで、この帝都の底でやり直しをしている儂に何の用じゃ」

「実は……」と懐から四つ折りに畳んだ紙を広げると、戸口に立った子供がまた老婆を呼んだ。萊閃が土間の方へ目を向けると、水滴をおかっぱに乗せた女の子が風呂敷のように包んでいる布を三和土《たたき》の上に置いた。

「おすそわけのインゲン豆とかキュウリとか持ってきたよ」

「その辺に置いときな。明日インゲンの金団《きんとん》作ったるわ」

老婆が萊閃の右後ろを指さして言った。嬉しさを爆発させた女の子が土間から上がり、両手で濡れた袋を持ち上げると、老婆が指さした方へ持っていった。

萊閃は咳払いをして手元の紙を差し出そうとする。と、今度は男の子が同じような濡れた布を持ってきた。男の子は声変わり前だが他の子供たちより少し大人びて見えた。

「おか、お婆さん、おすそ分けのコハダと秋刀魚を持ってきたよ」

「そうかい。じゃあ、コハダを捌《さば》いてくれるかね」

分かった、と言って、草鞋のまま台所へ持って行く。萊閃はその男の子を何気なく目で追った。秋刀魚を包んだ和服には継ぎはぎや綻びが一つも見当たらなかった。

考え事をしていると、似顔絵を見た女の子が耳元で感嘆の声を上げた。

「これ、すごい！　お兄さんが描いたの？」

萊閃は首を横に振った。

「仕事で知り合った人に描いてもらったんだよ。自分はこの子を捜していて、この辺で見たっていう噂を聞いたんだけど、見たことないかな？」

「そっくりさんなら見たことあるけど……」

女の子は唸った後、かして、と言って紙を受け取ると外へ出た。数秒もしないうちに次郎を引き連れてきて、彼に聞いた。

「うん、出会った時はこんな髪形をしていたような気がする」

「この子を見たことがあるの？」菜閃は大声で歓喜と驚嘆が混ざった声を上げて二人に近寄った。

「たぶん」

「その子はこの辺に住んでるの？」

「住んでないよ。ねぐらがあるって言ってたし」女の子が答える。

「それじゃあ、どこへ行ったか分からないかい？」

「たぶん、狩りに向かったんじゃない？」

「狩り、って郊外へ？」

次郎が問いかけに口を噤む。

「それはね、帝都の八百屋さんや食べ物屋さんを……」

「柚子」

菜閃の後ろから老婆の声が聞こえた。同時に、次郎が柚子の口を両手で塞いだ。

「申し訳ないが書生さんや、お捜しの子はここにはおらん」

「居なくても、事情を知っているなら教えてください」

「帰ってくれ」

「病気の親御さんが待っているんです。この時期に高いお金を払って地元から帝都へ会いに来ているんです。もし会えないならば、事情だけでも話してご両親を安心させたいのです」

萊閃の訴えを聞いた老婆はしばらく黙り込んだ。そして台所の方を向いて言った。

「健太《けんた》や、コハダは捌いたか？」

「あと一匹」

「じゃあ、終わったらねぐらまで案内してやりな」

「でも……」

老婆が姿勢を正して萊閃の目を見た。

「書生さんや。儂らはそこまで詳しい事情を知らぬ。百聞は一見に如かず、会って直接聞いたほうが早いじゃろう。あいにくじゃが儂らは電車に乗る金など持ち合わせておらん。じゃから、ねぐらまでの往復の電車賃六銭、出してくれるな？」

萊閃は快く了承した。老婆や次郎達に猫がよく集まる場所を聞くも、老婆の家の人々は皆犬好きで猫に関心を持っておらず、ヒナギクが居そうな場所は分からなかった。

そうして万年町の貧民街から出た番傘は上野の停留所へ向かった。似顔絵は折り畳んでズボンの右ポケットへ入れた。萊閃は待ち人たちの後ろに並ぶと、不安に駆られて時折、腕時計を見ていた。

どこかで猫の鳴き声がした。辺りを見回すと、宵闇から白い猫がこちらへ向かって走ってきた。萊閃は思わず名前を呼び、傘を差したままゆっくりと抱き上げた。

「どこへ行っていたんだよ、まったく。心配したじゃないか」

「回向院から停留所へ向かってる途中で見かけたの」

と、ヒナギクの後から月宮がやってきた。

「それとライちゃん、大変よ。例の犯人による強盗がまたあったらしいの」

「襲われたのは八百屋と魚屋ですか？」

「そうよ、よく知っているわね」

「ただの勘ですよ」万年町の方を見ながら言った。月宮によれば、襲われた八百屋と魚屋は葵屋と同じような被害状況だったらしい。回向院へも向かったが焼け跡には和尚はおらず、身を寄せている寺院にも不在で諦めて帰ってきたという。

「ところでライちゃん、隣の子は？」

「駿一郎君が住んでいる所まで案内してくれるそうです」

「駿一郎って、誰？」健太が聞いた。

「誰、って似顔絵の子だよ」

健太は首をかしげた。

「似顔絵に書かれていたのはカケルだよね？」

「自分が捜しているのは駿一郎という名前の子なんだけど、間違いない？」

萊閃が似顔絵をもう一度差し出して、戸惑いながら聞いた。健太はカケルに間違いないと断言した。

その似顔絵は、駿一郎が帝都へ行く直前に撮った写真を寸分の狂いもなく模写したものだった。竹中夫妻がこの写真だけは誰にも渡したくないと強く望んだため、元依頼人の芸術家に完璧な複製をしてもらったのだ。

子供の成長は早いと言えど、その人の持つ雰囲気というものは十二歳までの三年間で変わらないだろう。

月宮が次の仕事の準備と報告のため、銀座方面の電車に乗っていった。

「ところで、どこ行きの電車に乗るの？」

「日之出大社行きだったと思う」

「何分くらいかかる？」

「時計持ってないから分からないけど、だいたいロウソク二本分かな」

曖昧な返答にただ頷いて、右手を見た。軍人御用達の腕時計は六時三十分を示していた。約束を全て果たせないかもしれないと不安が胸を焦がした。酔っ払いが騒ぎながら通り過ぎていった。

来たよ、と健太が言った。南からやってきた電車は氷上を滑る石のように止まった。初めて見る車体だった。十二の硝子に囲まれた鉄箱には二人だけが乗っていた。後方の扉から車掌が降りて、何も言わずに周囲を見渡している。

乗るよ、と健太が言った。萊閃は自分の番傘を受け取って畳み、ステップに足を掛けた。音もなく後ろから鞄を引っ張られた。振り返ると、車掌が影のように黒い掌を突き出していた。二人と一匹分の料金九銭をその上に載せて、健太の後に続いた。路面電車の料金は走行距離によって比例するのではなく、初乗り料だけで、子供はその半額だった。

車内には両端にソファが並び、籐製の手掛けが天井から規則正しくぶら下がっている。二人はソファに腰を下ろした。萊閃の隣でヒナギクが丸くなった。萊閃は外套を脱いで膝の上に置いた。車内は温室のように温かく、目を閉じれば眠ってしまいそうだった。

三分経って、車掌が扉を閉めた。エレベーターに乗っているように体が揺れた。

五分経って、目の前を赤い壁が通り過ぎた。万年町の貧民街だった。荷車を引いて北へ向かう親子が居た。

九分経って、目の前を橙色の壁が通り過ぎた。金杉下町の貧民街だった。地価の高騰を受けて、万年町から移り住んだ人が百数十人いる。

十分経って、後方の扉の前に居た車掌が萊閃の前へ来た。制服から木の板を差し出した。薄い木の板には神社とそこに祀られている神様の名前が鉛筆で書かれていた。お守りらしいよ、僕も持ってる、と健太が言った。

二十分経って、電車は郊外を走っていた。硝子窓を通して見える帝都は輝いていた。光を灯したボギー車は、次第に点になってゆくその輝きを背に、暗い田園地帯を北へ走っていった。

六、

鉄の箱が音もなく止まった。雨も止んでいた。

着いたよ、と健太に体をゆすられて、まどろんでいた萊閃は時計を見た。電車に乗ってから四十分が経過していた。

荷物を肩に掛けヒナギクを抱いて扉を開けた。冷たい空気が閉め切られた車内に入り込み、冬だったことを思い出させた。その寒さに思わず震えた。ヒナギクは鞄の中へ入りたがり、健太は一張羅と自分の膝を抱きしめたまま春から出ようとしなかった。

萊閃が肩に掛けた外套を差し出した。

「寒いなら羽織って」

健太は首から下を黒い布団で覆った。全く動こうとしない。ヒナギクを鞄に入れると萊閃は優しげに問いかけた。

「案内をしてくれるんじゃないの？」

健太は首を振って言った。

「もう少しここに居たい、寒い所へ戻りたくない」

「だったら、ねぐらの場所だけでも教えてほしい」

萊閃は健太の正面で身を屈めると、外套のポケットから自分のメモ帳を取り出して現在地を書き込んだ。

健太は差し出されたシャープペンシルを握りしめると、路面電車の上に線で鳥居を描き、その上に小屋を四つ、鳥居と同じ大きさの建物を一つ描いて、シャープペンシルを返した。

「神社がねぐらなの？」

「そう、だけど違う」

メモ帳を閉じて、莢閃に渡すと、大儀そうに言った。

「案内するよ。この小さい紙に描こうとすると却《かえ》って分かりにくくなる」

「なら、自分が書き記すから口頭で道を言ってくれれば……」

横へずれて立ち上がり、外套を羽織ると、

「そういうの苦手なんだ。目印が目の前にないと、どこまで説明したのか分からなくなってしまうんだ」

と言って、ゆっくりと外へ出た。

電車から降りて右を向くと駅名標があった。その奥には黒い山が佇んでいる。左には田園地帯と光の点まで続く線路があった。手入れの行き届いた雑木林が泥濘《ぬかるみ》の道と簡素な駅を挟んでいた。道は夜の山まで続いている。

「こっちだ」

健太が外套を翻し、莢閃も後に続いた。駅名標には駅が二つだけ書かれていた。

駅を出て民家の脇を通って道なりに二十分歩くと、十五メートルはある朱色の門が二人と一匹を迎えた。

神社の周囲には鎮守の森が広がっていた。鳥居から境内を見て中央に神楽殿があり、その奥に山に背を向けるようにして拝殿が居座っていた。左手前に手水舎《ちょうずや》と絵馬掛けが、左奥に納札所が、右手前に社務所と神主の住居が、右奥に樹齢千年以上ありそうな大銀杏の神木があった。

健太は左手前から境内を時計回りで回った。拝殿の奥に太陽の神様の名前が書かれているのが見えた。

縄をしめた神木の前を通り、ゆっくりとした案内に導かれて裏山道へ入った。浪漫亭の依頼が頭にあった萊閃は次第にもどかしくなっていった。暫くすると、裏山道を外れて鎮守の森へと分け入り、萊閃もその後を追った。

健太は顔を上げて木々を見ながら、時折足もとを確認しつつ獣道を進んでいる。健太が見上げている先には枝が一本もなかった。折られたような痕跡があった。

次第に道が上りになった。時折落ち葉で足を滑らせそうになりながら進んでゆくと、せせらぎが聞こえた。右手に二メートルほどの高さの滝が見えた。

「もう少しだ」健太が急斜面を見上げて言った。

高台を上がってみると、寂れた建物が見えた。日之出大社よりも一回り小さな社だった。住居を兼ねていたであろう社務所と本殿がどちらも半壊していた。拝殿を兼ねた本殿は二十メートルほどの檜に一刀両断されていて、黒ずんだ賽銭箱と呼び鈴だけが残っていた。莱閃の足もとにその根元らしい太い切り株があった。呼び鈴の上の方に蜘蛛の巣が張り巡らされている。本殿前に安置されている対の狛犬には苔が生えている。本殿の先には鳥居があり、落ち葉が手水舎の水面と辺りを覆い尽くしていた。ただ、納札所の周りだけ石畳と土が露出していた。

「ここだよ、この神社に住んでいるんだ」

「一人で？」

「動物と暮らしているよ。書生さんとその白い猫とは比べ物にならないほど、カケルとその動物は親しいんだ」

健太はそう言うと石畳の上へ向かった。

莱閃は角度を変えながら腕時計を凝視した。七時五十分だった。高台はしんと静まり返っていて、住居も破壊されたままのこの場所に人がいるとは思えなかった。されども人里離れた山奥だからこそ、未解決な鎌鼬事件や月宮が探している事件の証拠や手がかりが隠されているかもしれないと考えていた。昼間でも薄暗そうな神社を探すには灯が必要だった。呼び鈴から垂れ下がる神様を呼ぶ縄の両脇に、提灯が吊り下げられていた。期待して中を覗くと、どちらも蠟燭がなかった。懐中電灯は成瀬から貰った物がズボンのポケットに入っているが、発光時間が短すぎてここぞという時にしか使えない。灯探しを断念し、暗闇の中でできることをしようと考えた。

手始めに、取り出した十手で賽銭箱の蜘蛛の巣を払い、取っ手を引いた。蜘蛛の糸が絡むのが嫌いだった。勘で引き戸の中を手で掻き回して確認するも、やはり紙幣や硬貨は入っていなかった。そっと元に戻して立ち上がった萊閃は縄の先端についていた六角形の持ち木に頭をぶつけた。カラン、カラン、と学帽を押さえる手の上で音がした。

風に乗って、ウォーンという鳴き声が聞こえた。大社へ来る途中の民家に居た犬が遠吠えをしているのだろうと思った。

次に萊閃は健太が凭れている納札所へ向かった。健太の足元だけ落ち葉がないのが気になっていた。健太はこちらに気が付くと、数歩歩み寄って手を広げて言った。

「こっちは駄目」

「どうして?」

「えっと、その、とにかく駄目だから!」

腕時計を見た萊閃はポケットに手を突っ込んだ。健太は真剣な表情で訴えた。

「みんなにとって大切なものがあるから、そっちへ行っちゃ駄目!」

「盗んだりはしない。ちょっと見るだけさ」

萊閃は懐中電灯を取り出すと、その場から納札所の中を照らした。中にお守りや破魔矢はなく、代わりに和服と洋服が山のように投げ捨てられていた。対角線上に光を動かすと、折れた紙が紛れていることに気が付いた。よくよくそれを見てみると達筆で「葵」と書かれていた。葵屋で盗まれた物だと確信すると同時に、懐中電灯から灯が消えた。

懐中電灯を左のポケットに戻すと、健太に問いかけようと口を開く。と、同時に鞄の中のヒナギクの耳が動いた。顔を出して周囲を見回す。

ひゅう、と風が鳴った。莱閃の背筋を冷たいものが走り、咄嗟《とっさ》に両手で十手を握った。次の瞬間、切り株の辺りから冷たい風が吹き付けた。砂埃と共に吹き付ける風は外套をはためかせ、納札所を揺らした。莱閃は片腕で両目を覆った。静電気のような音も聞こえた。風が収まると、腰元が軽くなった。

「健太じゃないか。魚じゃなくて肉も欲しかったのか?」

声変わりの始まった少年の声が聞こえた。犬の荒々しい息も聞こえる。

「食べ物はあれで十分だよ。今日ここへ来たのはお母さんに言いつけられて、仕方なくこの書生さんを案内したんだ」

「ふーん」残念そうな声だった。

押さえつけられた腕でぼやけていた視界が明瞭になった。莱閃の目の前には、藍染めの和服を着て下駄を履いた長髪の少年が、肩高一メートルほどの灰色の狼の腹に手を当てて健太と話していた。うなじで結わえた少年の長い髪が、時折尻尾のように揺れている。

「それで、書生さんはこの神社に何の用だい？　神社再興の寄付をしに来てくれた訳でもなさそうだし、かといって神頼みするくらい困っていることもなさそうだけど」

少年の獲物を狙うような鋭い眼が莱閃を捕らえた。莱閃は臆せずメモ帳を開いて聞いた。

「君の名前は？」

「僕はカケルだ」

「カケル君か。君に聞きたいことがいくつかあるから、質問に正直に答えてほしい」

「その前に、手に持っている物をしまって。これから聞いたことをこの高台以外で口にしないと、互いの友達に誓うなら」

メモ帳をしまうのを見届けたカケルは、狼の腹を撫でながら小指を出した。

「誤魔化しをしないと誓えるなら」

指切りを解くと莱閃が早速質問を始めた。

「まず、台風以前に帝都を騒がせた連続殺人鬼、鎌鼬の正体について、何か知らないか？」

カケルは薄い茶褐色の狼の腹をポンポンと叩きながら即答した。いつしか鳥居の側から赤い目の白い狼が様子を見守っていた。

「知っているよ。この茶色が犯人なのさ」

「人間じゃないのか」

「そう。信じがたい話だろうけど、この茶色は御山《みやま》神社の神様の依代《よりしろ》なんだ」

カケルは狼の上の空間を見つめた。

「神様が人の意識から消えないようにするために、死なないようにするために人々を襲わせたんだ。御山神社はこの高台の神社のこと。山の麓の日之出大社とはもともと別だったけれど、明治天皇のご時世に法律によって一緒に祀られることになった。日之出大社は有名な太陽の神様を祀っているから、その陰に隠れて一人また一人と御山神社の神様の存在を忘れていった。神様を信じない人が増えていったのもあるだろう、ってさ」

「でも今は旧暦の神無月の時期だから、日本神道の八百万の神様たちは全員出雲へ行っているんじゃないの？」

「そうじゃない神様もいるんだ。諏訪大社の神様とか、恵比寿様とか。日之出大社の神様がいない今、御山の神様はこの土地を守っているんだ、ってさ」

カケルは狼の上にいる何かから目を逸らして話を続けた。

「それで、ここで祀られている大神様は五穀豊穣を司る神様で、風と雨を自在に操ることができるんだ。人に怪我を負わせる風も、人の髪をなびかせる風も吹かせるんだ。それだけでなく、他の動物や人から姿を隠すこともできるんだ」

薬閃は腕時計を見て聞いた。時間よりも好奇心が勝っていた。

「なら、最近帝都で発生している、姿の見えない犯人による強盗事件は君たちが犯人なのか？」

そうだよ、とカケルが即答した。

「僕が大神様に提案したんだ。人は殺人をする神様に対して畏《おそ》れて慰めようとするけど、尊敬はしない。昔のまま、ずっと忘れないでほしいなら人を殺さずにやるしかないってね。でもね、依代となっていた茶色の狼の本能が人の血の味を覚えてしまった。だから、御山の神様が茶色の意識を乗っ取って、襲わないようにしているんだ」

次の質問に移ろうとする薬閃に健太が訴えた。

「カケルはそれだけじゃない。見て見ぬふりをして帝都で暮らしている裕福な人たちから狼を使って盗み、僕たちに食べ物を分けてくれる。だから僕も手伝ってるんだ」

被害にあったのが呉服屋と八百屋、肉屋、魚屋だったのは、裕福そうな人や呉服屋で袋になりそうな物を盗み、八百屋などの食料品店を襲っていたからだろうと薬閃は推測した。

「二つ気になるんだけど、回向院で泥棒の二人組を襲ったのはどうして？」

「鎌鼬と言ってお金を盗んでいるのが気に喰わなかったから」

「じゃあお金を盗らないのはどうして？」

「お金は争いの種になるし、盗られた方もお金以外の物なら諦めると思ったから」

萊閃は少し開いた口をキュッと結んで相槌を打った。甘い考えだよ、と、口に出して責め立てそうだった。言ってしまったら竹中の兄と同じになり、トラウマを刺激して依頼が失敗する可能性が高くなる。

「じゃあ、どうしてここをねぐらにするようになったんだ？」

「ただの偶然だよ。元々僕は居場所を求めて彷徨《さまよ》っていたんだ。帝都の貧民街を出て変な電車に乗るうちにここに着いた。生きるために何度も食べ物を盗んでいたから、人目を気にするようになっていたんだ。日之出大社には人がいたから、その奥の山へ逃げ込んで、ここにたどり着いた。本殿で一晩だけ夜を過ごしたら他の所へ移ろうと思っていたけど、その夜に台風がやってきた。台風は檜の木を押し倒して本殿を屋根ごと潰したんだ。僕もそれに巻き込まれて、左足が挟まって抜けなくなった。飢えていた所為で力も入らなかった。死にたくなくて。でも、どうしようもなくて。神様に助けを求めたんだ。そうしたら、大神様が現れて僕を助けてくれたんだ。後はさっき言った通りさ。生きるため、恩返しのため、貧民街の人を助けるためにやっているんだ」

「盗みに入った家の人が不幸な目にあったとしても？」

「それは、仕方のないことだろう。必要以上にお金を儲けておきながら貧しい人に何もしない。壁か目隠しか何かに遮られているかのように見向きもしない、なかったことにしている。そんな奴らは何かしらの報いを受けて当然だろう？」

良い気味さ、とカケルは鼻を鳴らした。

「そうか」

莱閃は感情を抑えて言った。葵屋の親子の去り際が頭をよぎっていた。将来への不安を隠し切れない母と、屈託のないその娘の笑顔が。

「もし君が社会に出て働いて、貧民街の人たち全員を養えるほど裕福になったとしよう。そこへ今の君が狼と一緒に現れて幸せな生活を滅茶苦茶にして、生きるために精一杯の今の暮らしにみんなが逆戻りしても良いの？」

「僕は襲われないよ。飢えの苦しみを知っているから、きっと貧しい人に優しいことをしているだろうからね」

「そうかな。君はお金持ちだと決めつけた人から、物と今の幸せを盗んでいるみたいだから、慈善活動をしていても襲われると思うけどなぁ」

カケルは何も言い返せなかった。萊閃は十代前半の少年たちに柔らかく、諭すように言った。

「見向きもしないのは自分にだけ優しい人が多いからだよ。君たちが会ったことがなかっただけで、そうじゃない人も世の中にはいるんだ。それに人は、可能性の生き物。今までは変えられなくても、今とこれからは変えられる。見返りを期待せず、自分だけじゃなくて他の存在にも自分以上に心優しくできる人が増えれば、君が義賊にならなくても誰もが自然と貧しい人に手を差し伸べるようになると思う。自分が君の立場だったら、誰の心も身体も幸せも傷つけずに心優しい人が増える方法を探るだろうね。もしそういう風に考えていなかったとしても、決めつけで罰しようって考えは間違ってるよ」

カケルは途中から日光浴でもするかのように口を開けていた。反論しようと口を開けた健太を手で制した。そしてそよ風のような音量でその通りと言った。座っていたアルビノの白い狼がゆっくりと、茶色を見ながらカケルたちの元へ歩み寄ってゆく。

カケルが納得するように頷いたのを見て、萊閃は三つ目の質問に移った。

「最後に聞きたい。竹中駿一郎というカケル君と同年代の子を知らないか？　両親が捜している」

「駿一郎は死んだよ。そこの本殿で、太い檜の、下敷きになって」目を逸らし、詰まりながらも答えた。

萊閃は似顔絵をそっと突き出しながら、探るように言った。

「これは、自分が捜している駿一郎君の写真を忠実に模写したものだ。……君によく似ている」

「だから何だっていうんだ！　僕は駿一郎じゃない、駿《カケル》だ！　だから関係のない話だろう。駿一郎はもう死んでいると言ったじゃないか！」

「名前なんか関係ない！　あんたの両親はずっと諦めずに、君という存在が帰ってくるのを待っているんだ！　送り出してからもずっと心配していた。君の両親は、君への愛があるからこそ、こうして今、帝都へやってきて……」

「それでも」カケルは拳を握りながらつぶやいた。刹那、彼の眼と表情が揺れた。決めつけて善のためなら悪事も許すこれまでのカケルと、萊閃の影響を受けて芽生えた優しい人格が心の中でせめぎ合っている様子だった。

「それでも！　駿一郎を捨てた奴らの元へなど生きては帰るもんか！　伯父から受けた心と体の傷があるかぎり、地獄へ送った恨みを忘れやしない。僕の目の前に彼奴等《あいつ》が今一度現れたら、死神鎌鼬としてその首、かき切ってやる！」

カケルは感情を律した声で大きく吠えると薄い茶褐色の狼に乗った。隣まで来ていたアルビノの白い狼に健太が乗ると、狼たちの周りに旋風が巻き始めた。

「くれぐれも、約束を破るなよ。お前と白猫の首も常に狙われていることを忘れるな」

そう言い残して、二人と二匹は風と共に消えさった。

高台には、父の顔も忘れ、実母からの愛をも忘れてしまった少年が残された。そして一人、吠え叫んだ。

莢閃は駿一郎に昔の自分を重ねていた。境遇が似ていた。誤魔化しによる失敗とその責任。そして避けてきた竹中の子供への深い愛情と自分の親への想いが波打って、せき止めきれなくなった。感情が自然と溢れていた。

森は騒ぎ、水が頬を濡らす。そんな中でもヒナギクはそっと寄り添っていた。昔も今も、変わらずに。

七、

翌、十二月二日。依頼の顛末を書き記した書類を半分埋めた莢閃は、成瀬と共に病院を訪れた。竹中は病室の椅子に腰かけて帝都新報を読んでいた。新聞の一面には「鎌鼬、ついに逮捕！」という大見出しと共に、泥棒の二人組が写っていた。

萊閃は、成瀬と共に深く頭を下げ、駿一郎を見つけるも既に亡くなっていたと伝えた。ベッドの上の妻はすすり泣いた。竹中はそれを聞くなり新聞をその場に叩きつけ、怒りに身を任せて「帰れ、帰れ！」と吠えたてた。相談室の二人が去った病室は、しんと静まり返っていた。

萊閃は成瀬と別れて葵屋へ向かった。葵屋の主人には、強盗の犯人は風の鼠小僧だったと、苦し紛れに伝えた。主人と話している間、冷たい刃物を当てられたような視線を常に感じていた。

昨夜の浪漫亭は既に灯が消えていて、二階から犬の吠える声が聞こえた。犬は何も見えない、何も見えない、怖い、寂しいと言っていた。病院から帰ったその夜に萊閃は、店長にできる限り最期まで愛犬の側にいてあげるよう助言をした。

一週間後の日曜日、十二月九日付けの同新聞紙面に、逮捕された二人は鎌鼬ではなく、目立ちたいがために彼らがついた嘘だったと、謝罪文と共に報じられた。余罪の追求により、泥棒の二人組は葵屋で現金を盗んだことも自白した。帝都の人々は再びその正体について噂をした。けれども、年が替わっても風による奇妙な強盗と殺人事件は一度も起きず、少年と狼による鎌鼬の事件は年を重ねるごとに人々の記憶から薄れていった。

もしかしたら、少年の心に良い変化が起きたからなのかも知れない。

二、四月一日

一、

明治三年、後に遠野市と呼ばれる村の集落で夫婦の間に娘が生まれた。父はその山で祀られている神様から文字を取り、芹菜《せりな》と名付けた。お芹という愛称で親しまれたその娘は、尊敬する親戚の人が教えていた茶道に興味を持った。

お芹の笑顔の可憐さと清楚な容姿の噂は遠野と近隣の村まで広がり、手伝いで神社のゆったりとした舞を舞った時は、年頃の少年や青年が集って姿を見に来たという。

お芹の実家から川を挟んで数キロ離れた所に陽太《ようた》という少年が住んでいた。陽太は、例祭の時に舞を披露する同じ十二歳の少女に魅了されてしまった。白粉《おしろい》を塗った顔を斜めにして、下へ流し目をこちらへ一度向けた。たったそれだけの仕草なのに、自分の身体が動かなくなった。祭りでたった一度見ただけで愛してしまった。

お芹は高嶺《たかね》の花だった。近づきたくても手が届かなかった。

噂は聞いていたが、学校が違う上に実家の農作業を手伝わされるので、中々姿を見に行く機会がなかった。尋常小学校を卒業した陽太は親にせがんで遠野のお茶問屋へ奉公に出させてもらった。茶道をたしなんでいると噂になっていたので、もしかしたら知り合うことができるのではないかと淡い期待を抱いていた。仕事の内容は遠くまで歩いて行って気仙茶や陸前茶を仕入れたり、店先での接客だった。

緊張した面持ちで店番をしていると、同世代の娘がやってきた。娘は初々しく一生懸命に接客をする陽太を可愛らしいと思いつつ、心のどこかで応援したいと思っていた。

娘は白粉と口紅を落としたお芹だった。化粧をした姿しか思い描けなかった陽太は知らぬことだったが、問屋で働き始めた四月一日に、二人は知り合っていた。

だが、明治の世に惹かれ合う二人の幸せは待っていなかった。お芹と陽太の恋仲が引き裂かれたことが、当人の意思で結婚相手を決められなかったことが、全ての始まりだった。

二、

それから幾度も年が暮れ、師走も過ぎゆき、大正七年はやってきた。昨年起きた殺人鎌褪の記憶も世間から遠のき、二月にもなると街中に再び外国の車が走るようになった。

その年、大衆は物価に苦しめられていた。大戦景気を肌で感じたのは成金や政治家といった上流階級の少数派であった。国内の物品はどんどん輸出で減ってゆき、物の値段が上昇し始めた。会社員として毎月俸給を貰って働く市民は、上がる物価と上がらない賃金に白目を剝《む》いていた。

一月下旬の帝都新報に物価高騰の記事が載ると、以降毎月のように物価の高騰と生活の困窮を訴える記事が各紙面に載った。

米は言わずもがな、大根や小松菜などの野菜、そして加工品の醤油や味噌、さらに砂糖まで高騰していった。手取りはさほど変わらないのに、ありとあらゆる物価が上昇したため「給料が半分になってしまった」と嘆く会社員もいたという。記者たちは記事にすることで少しでも状況を変えようと努力したが、大半の帝国議会議員たちには届かぬ声であった。

大衆の目をよそに、フォード車は舗装されない道に不平不満を漏らしながら、悠然と大通りを通っていた。

「まったく何なんですか！　あの人たちは」

日付が替わる頃合いが近づく京橋で、両開きの扉を閉めた彼は怒っていた。音を聞いた成瀬が室長室から顔を出して、玄関の彼を出迎えた。

「どうした？　相談でも愚痴でも聞くぞ」

「気持ちだけ受け取っておきます。それとこれ」

萊閃は頭を押さえながら、通り過ぎざまに懐から出した二枚の百円札を押し付けた。その頃の男性の初任給は約四十円ほどであった。

「依頼の報酬です。気分が頗《すこぶ》る悪いので日報は明日で。それでは」

萊閃は仏頂面のまま階段を上がり、そのまま千鳥足で三階の自室へ入った。今日一日のことが断片的に、沸々と頭の中へ浮かび上がっていた。

整理整頓が行き届いた自室が振り子のように揺れ、次第に天地が反転し、流転していく。記憶の中の、スーツから響く笑い声が頭に反響すると、腹の奥から嫌な温かさが再び湧き上がって来た。限界を感じ、御手洗へ足音を立てながら駆けこんだ。

「『どうだぁ、明るくなっただろぉ?』じゃないよ、厚かましい！」

抑えきれずにタイルへ吠えていた。萊閃の寝具で丸まっていたヒナギクが顔を上げて、足早に階段を降りて行った。

室長室は玄関から入って左手前にあった。左手奥の食堂とは観音開きの扉一枚で繋がっており、食事の際には板チョコレートのような二枚扉が開け放たれた。食堂の机の上には四葉が押された和紙の栞があった。真新しい和服を着た月宮が椅子に腰かけて自己啓発本を読んでいる。

暖炉が時折バチバチと音を立てていた。外は雨が降っており、すりガラスから見える外は暗く、車のものらしき灯が時折揺れ動いていた。

半分開いた扉から、白い猫がぬっと入ってきて、暖炉の前の絨毯で丸くなった。室長室と食堂を繋ぐ扉は閉まっている。

「ごめんください、ごめんください！」

開いた扉から女の声が聞こえた。

成瀬は万年筆を置くと早足で玄関ホールへ向かった。玄関ホールに着くなり、対面した女性を見るなり呆けた。

「はーい、ただいま」

その女性は澄んだ空のような色合いの着物を着ていた。傘立ての藍色の傘から手を離すと、癖のない長髪が揺れた。成瀬は鞄から出した布巾で泥の足を拭うその女性から目が離せなかった。水路で囲まれた界隈で有名な美人だと成瀬は心の中で小躍りしていた。

女性は、夜分にすみません、と恐縮しつつ、どこか焦り気味であった。

「あの、お金がなくても依頼を受けてくれるっていう事務所はこちらですか？」

「はい、左様にございます」

やけに明るい声色で答えた成瀬は、にこやかな接客笑顔を浮かべた。月宮の耳が動く。

「私共、成瀬相談室は探偵とは違い、現金以外の物でも受け付けております。相談の内容とその報酬についてお話ししたいと思いますので、よろしければお上がりください」

失礼します、とその女性は一礼した。そして、草履を脱いで足元を整えると、成瀬の後について左手前の部屋へ入って行った。

成瀬が応接室の扉を開けると、応接用のテーブルの上に散乱する本が見えた。英語、仏《フ》蘭西《ランス》語、独逸《ドイツ》語等々、左書きの本ばかりであった。来客用のソファには、若草色の線が幾重にも入った水色の袴をはいた若者が悠々とくつろいでいた。

短髪の若者は成瀬を見ると、慌てて医学書を閉じ、積み上げて塔を形成し始めた。

「ごめんなさい、今日はもう誰も来ないものかと思ったもので」

「いや、気にしなくていい。……それより板木、持とうか?」

「いえ、これくらいなら大丈夫です、よっ」

板木と呼ばれた医学生は本の山を軽々持ち上げた。そして、物にぶつからないようにしつつ玄関ホールへ出て、階段を上がっていった。依頼人は目線と同じ高さの本と入れ替わりで部屋に入った。そして部屋を見回しながら暖かい、と零した。

板木が出て行った扉は半開きになっていた。女性は部屋の中を見回しながらソファに座った。洋館に入ること自体が初めての様子だと成瀬は思った。

名刺を渡すと、秋葉弥生《あきはやよい》です、と女性が名前を名乗った。成瀬は彼女の本名を聞いて他の男たちより一段上に昇ったような優越感を味わっていた。彼女の本名は誰一人として知らないはずであった。彼女は帝都の出身でないとの噂で、尚且つ遊郭の女性なのだから、身元も本名も明かそうとしないのが普通であった。弥生の依頼は母が持っていた漆黒色の着物を捜してほしいというものだった。

成瀬が依頼内容を確認していると、萊閃が何かを叫んでいる声が微かに一階まで届いた。

「風刺画じゃないんだよ、金じゃないんだよ！　その人の心に、寄りそう優しさが、なければ……」

萊閃は肩で息をしながらフラフラと自分のベッドへ戻り、そのまま枕へ倒れ込んだ。

「おいおい、どうした？」

二階で本を読んでいた住人が階段から顔をのぞかせた。

「……生きるのって、大変だなって」

「五月病にはまだ早いぞ、萊閃」

短髪の医学生は莢閃の部屋へ上がると、椅子をベッドの横へ動かして座った。

「で、何があった？」

莢閃は、ポツリポツリと今日の仕事内容を話した。

「うわぁ、飲まされたのかよ」

成金最低だな、と舌打ちした二十一歳は階段へ向かった。アルコールがもたらす脳への悪影響が世間に広まりつつあった。

「待ってろ、水と飲みすぎに効くやつ持ってくるからな」

「ありがとう、板木」

階段に向かって莢閃は言った。呻《うめ》き声を上げるうちに、アルコールは体内で暴れ、記憶を貪り、眼に映る莢閃の部屋の景色も壊していった。

三、

その日、莢閃は大きな仕事を任されていた。成瀬が遊びという建前で繰り返し八方に接待と営業を掛けて、漸くこぎつけた現金報酬の依頼であった。

莢閃は、我を潰して相手に無理やり合わせる成瀬の苦労を知っているので、相手の要望に合わせて遊んでも月宮ほど怒ったりしなかった。

莢閃に任された仕事は、帝都の名所を描いた絵葉書を集めて送ってほしいという依頼であった。依頼主は長崎に本社を置く万寿商会の社長。万寿商会は開国以前より貿易業を営み、英国や印度などへの繊維商品の輸出で業績を伸ばしている民間の会社であった。

ところが、数日後の朝に副社長から電話が入り、

「これから汽車で横浜支社に向かうことになった。序《ついで》に帝都まで足を延ばすので観光案内をしてほしい。依頼料は大きく上乗せする。諸経費はこちらが持つ。明後日、九時前に支社前へ来るように」

と、返事をする前に電話を切られた。

絵葉書集めに引き続き、莢閃が受け持つことになった。筋を通さない強引なやり方にあまり良い印象を持っていなかった。嫌だと感情が言っても理屈が断らせなかった。

そして今日の朝、四等車に乗った莢閃は十分早く支社前に到着した。動物が体質的に苦手な人が居るという話を聞いていたので、ヒナギクは置いて行った。

支社では社長と副社長に支店長、付き添いの男の四人を出迎えた。社長以外は書生の出迎えに不満気であった。付き従って一等車に乗り込んだ細民学生は、一等列車待合室から

緊張で縮こまっていた。

社長は穏やかに萊閃に話しかけていた。緊張を解こうとしているのが伝わって来た。急な依頼変更を詫《わ》び、事情を説明した。関西の電車会社の重役が友人であり、横浜へ行くのならば序に観光名所の下見をしてきてほしいと頼まれたのだった。

萊閃は集めた絵葉書をいくつか見せ、より興味を持たれた場所を重点的に回った。

萊閃がアルコール嫌いになったのは、商談に向かった社長と副社長と別れた後の議員の邸宅でのことだった。

萊閃が二人の重役に連れていかれたのは議員の豪邸であった。

邸宅の門前には立派な顎鬚を蓄えた警備員がいた。垂れ目がちで、サンタクロースのような雰囲気を持っていて、体格はがっしりとしていた。

警備員は通り過ぎる重役よりも萊閃の方をじっと見つめていた。

「怪しい者じゃないですよ?」

萊閃が恐る恐る言うと、無口な警備員は一瞬笑みを見せた。警備員に閉められようとした扉を止め、萊閃は慌てて中へ入った。

家政婦に案内され、三人は応接室に通された。議員がやってくると、副社長は懐から取り出した茶封筒を渡した。重役の二人は笑顔の仮面を被った。議員は封入されていた札束を数えるとご機嫌になった。

多くの議員はこうした献金で家を建てていた。万年町の貧民街を思い返しながら、萊閃は豪奢な部屋の出入り口で固まっていた。大正半ばまでの、納税者だけが権利を持つ普通選挙に於いて、選挙活動と言えば贈賄が一般的であった。

月は夜が明けるまで暗雲に隠されていた。議員は三人に夕食をご馳走した。とっておきのスコッチを取り出すと、重役二人は仮面を外してにこやかに笑った。百年後では誰でも手が届くウィスキーだったが、大正の世では並の品質でも手に入りにくい高級品であった。

「君は、飲まないのかね？」

仏蘭西料理へ手を伸ばす萊閃に議員が言った。萊閃はフォークを止めて頷いた。

「未成年者の飲酒は脳に損傷を与えますから」

「議員でも、滅多に飲めない貴重な酒を飲ませてやるというのに」

議員は口をへの字にした。

「畏れながら、未成年者への飲酒を禁止する法整備を検討と報道されているので……」

「うるさい！　儂の酒が飲めんのか！」

顔を真っ赤にした議員が咆哮《ほうこう》した。萊閃は音量に驚いて肩を少し動かしただけで、冷静さを保とうとしていた。隣に座っていた副社長が仏頂面で萊閃の肩を摑んで顔を寄せ、声を殺した。

「あのね、ここへ君を連れて来たのは、君自身のためでもあるんだよ。懇意にして頂ければ、将来困った時にきっと助けてくれるだろうよ？」

「しかし」

「先生のお酒が飲めないなら……」

右耳で秘書が囁き続ける。

「報酬の百円は、なかったことにしましょうか」

萊閃の表情から冷静さが消えた。唇を真一文字に結んだ。この時代にハラスメントという概念はまだ存在していなかった。

「『大変失礼いたしました。折角のご厚意、ありがたく頂戴します』とのことです」

秘書の言葉を聞いて萊閃は目を峙《そばだ》てた。議員は穏やかに笑い、ひょろりとした男が持ってきたグラスに悪魔の飲み物を注いだ。音を聞きつけた若い家政婦二人が萊閃の背後へ向かった。副社長が受け取って、萊閃の手前に差し出した。

「さぁ、大人になるんだ」

グラスを手にして萊閃は固まっていた。その一言が、萊閃の怒りを爆発させた。綱渡りな相談室の経営事情を知らなければ、グラスを対岸まで思いっきり投げていたところだった。

副社長の一言は通過儀礼としてではなく、同調圧力であった。

お酒を飲む事が大人になる訳ではない。煙草を吸えば大人になる訳ではない。親しい友人たちと飲む室長や月宮を傍で見ていて楽しそうだとは思うし、煙草を吸う様は見栄えこそ格好良いかもしれないし、口にすれば楽しい気分になるかもしれない。だがどちらもきっと、己の寿命を犠牲にしているだろう。

副社長は一瞬の享楽を連続させて、自分も相手も共に楽しい人生を歩むべきと考えていた。それ故に、萊閃を自分たちの厚意を考えない自己中心的な人だと考えていた。思うが儘《まま》、我儘《わがまま》に振る舞う子供だと思っていた。

子供は、数年前まで小さな大人として扱われていた。主に農村や工業地帯に於いて貴重な労働力として扱われ、小中学校中退が当たり前であった。学問の道に進めるのは裕福な家庭の生まれであることが一般的であった。しかし時代は変わり、農村からも帝都の学校へ進む子供が出て来た。子供の就労に関して法律にも定めができた。いずれ全ての子供たちが平等に教育を受ける時代がやってくるだろう。そんな世の中で大人になるということは、互いの意見に耳を傾けて尊重できる人。愚直なまでに綺麗な心と瞳で本質を見極める人。そしてその上で協議を重ね、一丸となって高みへ進める人間になることであろう。対して、議員と副社長は決して抗えない年齢差と社会的立場を武器にして、高みからこちらを見下しているのである。人の愚かさをお金とお酒を使って装飾し、綺麗になった様を見せびらかしているのである。歩み寄りも見せず、「大人」であると思い込んでいる自分たちの意見を押し通そうとしているだけである。

この人たちだけは絶対に許せない……。

グラスを口へ運ばされながら、萊閃は唇を動かさずに言った。そして、他の人に辛い思いをさせないためにこういう大人を何としてでも変えたいと思った。

熱砂で足裏を焼かれるような痛みを喉に感じた。それが判然とした最後の記憶であった。議員の質問にいくつか答えていたという事項以外、忘却の渦に飲まれてしまった。

相談室の子供を先に帰し、情報交換をした二人の支援者が議員の家から帰路に就いた。議員は、完璧に仕事をこなすと妻から評判を得た警備員に自室の見張りを依頼した。広い背中を見ながら扉を閉め、寝間着に着替えると余ったスコッチを飲んでいた。議員の自室はテラス付きで、輸入した家具が整理整頓されてあった。ボトルシップなど、西側への憧憬が詰め込まれていた。壁には先ほどまで着ていたスーツが掛けられている。

「呼びましたか？」

テラスから色彩の失せた低い声が聞こえた。帝国の公用語ではなかった。議員が近寄って窓を開けると、冷たい夜風と共にカーテンがはためいた。夜の闇と同じ衣を纏《まと》った身軽な格好の男が片膝をついてテラスに居た。肌は忍び装束のように全て隠され、サングラスで目は覆われていて、声色と動作以外で感情を読み取ることができなかった。

「今宵の月は？」と議員は帝国語で問い掛けた。

「赤色でございます」と男は外国の言葉でスラスラと答えた。

男は黒月《くろつき》という影の組織の一員だった。黒月は北海道に本州、四国九州に沖縄の島々で活動しているピラミッド型の秘密結社で、明治の頃の帝都で結成された。帝国の街の影で暗躍しながら人々を仲間に引き入れ、勢力を広めていった。義理と人情の歌舞伎者たちとの抗争を幾度も繰り返しながら全国に勢力を広げた。大正半ばにもなると「不審死、行方不明者あらば裏に黒月あり」と囁かれるほどであった。

彼らは拠点を持たず、会合の都度次の場所を決めていた。組織が拡大するにつれて、一家或《ある》いは家族と呼ばれる下部組織も増えていった。

また、警察の上層部とも取引をしていて、黒月の人間が逮捕されても罰金刑だけで釈放され、公表もされなかった。

黒月の活動内容は以下の通りである。人攫《さら》いに人身売買。詐欺恐喝恫喝《どうかつ》何でもござれ。息の掛かった遊郭の売り上げの半分と、公務員や企業の正社員を毒牙に掛けて作らせた裏金も重要な活動資金になっていた。

活動内容は、世界平和に繋がるものと、代表である早峰《はやみね》という男が結成の時に打ち立てていた。この世は多くの人が集まったものだから、この世の全ての人が自分の幸せを、自分だけの平和を求めれば、それが世界平和に繋がると考えていた。

だがその思想は、大衆が望んでいる平和と真逆の方向へ突き進んでしまうものだと構成員も気づいていなかった。それに気づくためには助言をしてくれる存在が必要だった。意思の疎通ができる他の存在が必要だった。或いは、契機となる出来事が必要だった。

人間は決して一人では生きられない。生きていくためにはどうしても他の存在と関わらなければならない。全員が自分だけの幸せを求めると、争いとなってしまう。

例えば、あなたは朝、大都会まで延びる路線の郊外の駅を利用したとする。やってくる電車から降りる人よりも乗る人の方が圧倒的に多く、ホームに居る人は乗客の誰かに降りて貰わないといけない。

全員が自分の幸せだけを考えているので、譲るという発想がない。また遊びに時間一杯に使うため、苦痛な仕事や用事へ向かう時はいつも時間ギリギリになってしまう。降りると遅刻するのでその場に居る全ての人が電車に乗っていたいと考えている。

乗客が皆降りることを拒むので、強引にでも誰か一人を降ろそうとする。無理やり降ろされた人は不満を持ち、他の乗客を強引に引きずり降ろそうとするのでいざこざが起きて、喧嘩になってしまう。その結果電車が遅延して多くの人が遅刻してしまう。

つまり自分の幸せだけを追い求めても、満員電車と駅にいた人全員が幸せだと感じることはないのである。

ピラミッド型の組織でありながら勇気を持って間違っていると指摘した人を組織から排除したので、早峰が理解するまで十年以上掛かった。路面電車が帝都を走るようになり、満員電車を経験したことが気付く契機となった。

早峰が理解した頃にはもう、後に引くこともできなくなっていた。十年以上やってきたことを今更間違っていたと撤回する訳にもいかない。

大正七年の早峰は、理解しようと努めて助言に従っていればと後悔しながら、苦しみながら代表の椅子に座り続けていた。

側近である副代表の二人はその様子を間近でずっと見てきたが、末端の支援者である議員は知らぬことであった。

合言葉を確認した議員は、微笑んで言った。

「次男が失せた後の成瀬家について漸く情報が摑めた。てっきり大阪に居るものだと思っていたが、三男が家督を継ぎ、帝都京橋で相談室とかいう珍妙な仕事をやっているらしい」

「隙はありそうですか？」

議員はグラスの氷を揺らしながら、愉悦の笑みを浮かべた。

「余裕だろう。何せ相談室は探偵とは違って、正当防衛を除いて暴力沙汰はご法度な上、可能な限り武器を向けるような事態は避けるよう言い渡されているらしいからな」

「そうですか。それは容易《たやす》いな」

闇の中の男が愉快そうに言って、声を押し殺して笑った。

議員は掛かっていたスーツの胸元から茶封筒を取り出し、百円札の束を見せびらかした。闇の中の男は息を呑んだ。

「薬閃とかいうあの、普段白猫を連れて歩いている子供も関係者らしいから、序《ついで》にお願いしたい。成功すれば、この一万円は全部黒月へやるつもりだ。後日、出向いて正式に依頼をしよう」

「上に伝えておきます」

議員は満足そうに笑みを浮かべて、グラスの酒を飲みほした。

「それと旦那、実は一点、私たちの代表より御伝えせねばならぬことがありまして」

「何だ？」

「沙羅楼《さらろう》から逃げた一番稼げる女の所在が分かったそうです」

議員は感嘆の声を上げて問いかけた。

「どこに居た？」

「同じ村の出身で野菜を売りに来ている熊五郎という男の、帝都での仮住まいだそうです。二回目ですから、今回は身内じゃなくて直接行きますか？」

黒月の支援者は首を左右に振って言った。

「脅《おど》す必要はあるが、我々にとって損益になりかねんからそこまでしなくてもいい。むしろ内情視察も兼ねて相談室とやらに捜索を依頼してみてはどうだ？」

「それは、良い提案かもしれません」

黒月の伝令役は含み笑いをして、以上ですと告げた。議員に命ぜられるまま、帝都の闇の中へ溶け込んだ。数刻も立たぬうちに邸宅の二階の電気も消えて、一帯は闇に包まれていった。

四、

翌日、朝食を済ませた萊閃は板木に誘われて朝風呂へ行った。四十一度の薬湯の湯船で身体の芯まで温まって毒気を抜きながら、依頼の報酬として招かれた宴会の席で語られた、泥酔した議員ら三人の「大人」に対する愚痴を聞いてもらった。

朝風呂から帰った萊閃は日報を仕上げ、室長に手渡した。アルコールによる暴力事件を知った室長は、沈痛な面持ちで深く頭を下げた。そして今日一日萊閃に仕事を回さないことを約束した。

萊閃は二階のテラスで板木や経理役の東雲《しののめ》と数局将棋を指した。対局に飽きてきたところで、板木の提案で銀座をぶらつくことになった。ヒナギクは気持ちよさそうにテラスで眠っていたので、東雲に世話をお願いした。

銀座で板木はアンパンを、萊閃は精肉店で名物コロッケを買って食べ歩いた。大正の世でも銀座の地価は高かったが、高級品ばかりが並んでいる訳ではなかった。

板木がアンパンを買うために並んでいると、気さくな学生が話しかけてきた。森川《もりかわ》という萊閃の学校の友人で、医者の家の跡取り息子であり、板木とも面識があった。

三人はそのまま湯島天神へ梅を見に行くことになった。正確には、梅を見にやって来るであろう女学生を見に行くことになった。見頃はとっくに過ぎていたが、梅のように可憐な女学生と懇意になって人生にも花を沢山咲かせようという森川の熱意に板木が乗っかったのだった。特に興味のない萊閃は、一人で暇を持て余すのも辛いので、やってくる春に胸を膨らませた二人に呆れながら付いて行った。

三人が上野の大通りを歩いていると板木が足を止めた。藤色の着物を着た女の顔を見た板木は、風船のように歩きだした。風船は吸い寄せられ貧民街の方へ向かった。

気が付いた萊閃が追いかけて、その紐のような細い腕を摑んだ。

「やめろ、僕の純愛を邪魔するつもりか！」板木が振り返って怒った。

「梅を探すんじゃなかったのか？」

後からやって来た森川の問いに板木は首を振った。

「そのつもりだった。でも、梅よりも好きな一輪の桜とまた出会ってしまったんだ」

板木は蠟燭と雀たちの一室を思い返していた。

「……あせびさんに、あの場所以外でもう一度会えると思っていなかったんだ。忘れられなくて、それでも忘れなければ辛いだけだから、心の片隅に留めながらも他に良い人を探していたんだ」

森川は苦笑しながら言った。

「何を言っているんだい、遊べる暇があるのは学生の今しかないだろう？　そんな自由があるのに目の前の一つだけを追うなんて、愚かなことだって思いません？」

萊閃は森川を黙って見ていた。板木は頷いて答えた。

「確かに君の意見も有りかもしれない。でも、もう一度会って心が決まったんだ。源氏名しか知らないけれど、あの人のためなら家を捨てたって構わない。そう思える人を見つけてしまったんだ」

「大馬鹿者だよ、君は」

森川の小言を聞いて、板木は自嘲気味に笑った。一方で萊閃は板木の考えに納得し、久方ぶりに見かけた知り合いの名前を独り言《ご》ちた。

「初音《はつね》って名前だったのか！」

板木は瞬時に萊閃に迫った。地獄耳か、と萊閃は引き笑いを浮かべた。

「なぁ、頼む！　初音さんにもう一度会わせてくれないか？　俺は、あの人を茨の中から救い出したいんだ！」

真剣な眼差しとハッキリした物言いが胸を打った。一人の異性に対して執着する板木を見るのは初めてだった。萊閃は板木の方を向いて、申し訳なさそうに頭を下げた。

「初音さんは同じ村の出身で、数年ぶりに見かけたんだ。それに初音さんの家族とも手紙のやり取りはしていないから、今どこに住んでいるかは分からないよ」

板木は肩を落とし、踵を返し、来た道を歩き出した。

「また会えたりしないかなぁ」

「因《ちな》みに、板木はどうやって知り合ったんだ？」

萊閃の問いに後頭部を掻きながら言った。

「それは……言えねえなぁ」

「ひょっとして、板木さんも精進落としで遊郭へ連れていかれて、草食を脱し……」

板木はぶっきら棒に言って距離を取った。図星だと森川は苦笑し、萊閃は遊郭、と呟いて首を振り、一歩遅れて歩きながら知人の事を考えた。

「う、うるせぇ！」

三人は貧民街の門の前を通りすぎて、赴くままに歩き出した。板木は遊郭へ三度行っていて、一度目は大学の付き合いで、二度目からは自腹を切って逢瀬を重ねていた。歩きながら板木と森川は、その遊女について知っている事を萊閃に伝えた。

あせびは桜が好きで、見頃を迎えると知人と上野公園へ行っていると言う。母から貰った着物を大切にしていて、家族との再会を切望しているが、事情があって拒絶される事が怖くて会えないと板木が言った。

森川はただ一言だけ、怒ると不動明王の様な顔になると目を泳がせて言った。初音が同世代のやんちゃな男の子と対峙する姿を思い出して、萊閃は噴出した。そうして、彼女とその家族について知っている事実と現在の推測を二人に伝えていた。

「待って！　財布返して！」

少女の悲鳴が上野の通りに突然響き渡った。萊閃は声がした方を向くと、萌葱《もえぎ》色の着物を着た女性がハンチング帽を被った男を追っていた。着物は動きづらく、背広との距離が目に見えて離れていった。道行く人は声を聴いて捕まえようとするも、男は踊るように人波をすり抜けていった。

「なぁ、萊閃と森川君ってどっちが速い？」

本郷の方へ走ってゆく窃盗犯を見ながら板木が聞いた。

「ごめん、任せた」

萊閃が二人に背を向けた。

「通報は任せろ。森川君はできるだけ警察の近くへ誘導してくれ」と板木が言った。

「了解。俺が背広を捕まえたら、あの子は頂くぜ」森川が鼻歌を歌い出しそうな調子で言った。

「二人とも、よろしく頼む」

そうして四つの草履の音が次第に速く、遠くなっていった。

萊閃は同世代くらいに見える少女に歩み寄った。一先ず、安心させる必要があった。折角貰った休日だったが、人を助けるためならば関係なかった。

松葉に牡丹が添えられた着物を着たその少女は、息を切らして、電柱に凭れかかっていた。辺り一帯に夕闇が差し迫り、通りを歩く人の顔が判別しづらくなっていた。

「あの、大丈夫ですか？」

顔を上げた少女は焦燥気味だった。ぼんやりと十センチ上を見上げ、萊閃の瞳を見つめた。彼女は呆けたように口を開き、フラフラと数歩後退った後、目元を拭いて背筋を伸ばした。

「私は大丈夫。大丈夫ですけど、財布は大丈夫じゃないです」

少女は俯きながら言った。落ち込んでいたが、萊閃と目を合わせると、どこか嬉しそうだった。

「窃盗犯なら、今、他の相談士たちが追いかけています。だから安心してください」

「あの！　覚えて、いませんか？」

少女は莱閃をじっと見つめて言った。林檎のように色づいた頬でお盆を持つように手を合わせる。莱閃の思案顔がなかなか崩れず、しょ気ながら言った。

「私は以前、浅草のカフェーで働いていました。仏蘭西の、パリにあるカフェーを思い描いてもらうように建てたっていう……」

莱閃はこの言葉ではっきりと思い出した。裏返りそうな声で見送りの言葉を送った女給が居たことを思い出した。

「月宮さんの行きつけの？」

「そうです！　小春《こはる》といいます！」

小春は輝くような笑顔で一度手を叩いた。彼女は今、近くの長屋で兄と一緒に暮らしていた。今年の二月までカフェーで働いていたが、元来給仕に向いていなかったようで、暇を出されてしまったと残念がった。

「先ほどは銀行から貯金を下ろしてきたばかりで、それを盗られてしまったのです」

「きっと、後から付け回してたんだろうね」

迂闊《うかつ》でした、と小春は肩を落とした。莱閃は慰めながら言った。

「今頃、相談室の仲間とその協力者が犯人を追っている。手筈通りならば、きっと警察にも協力を要請してるから、そんなに気を落とさなくていい」

感謝を伝えた小春は胸元に手を当てた。お礼に夕飯を振る舞うことを提案して、萊閃も了承した。

「噂で聞きましたけど、相談士は困っている万人の、特に貧民の味方で、相談室は京橋の駆け込み寺でもあるんでしたよね」

自宅の位置を書き写した小春が聞いた。萊閃は手帳を仕舞いながら頷いた。

「基本的には困っている人の相談に責任を持って助言をする仕事なんだ。解決まで行う事もあるけど、今回は自分個人の信条として、目の前で人が困っているのに手を差し伸べない訳にはいかないよ」

萊閃は不敵な笑みを浮かべて外套を翻《ひるがえ》した。

「必ず取り返す。だから家で待っていてくれ」

「はい！　頼りにしています！」

そう言うと小春は両手を着物の胸元で絡め、顔を俯けていた。萊閃が見えなくなるまで指を両頬に触れ、嘆息を吐きながらその場でぼうっと立ち尽くしていた。

五、

　そうして陽は落ちた。小春の財布を盗んだ犯人は鎌鼬誤報の責任を取って辞表を出した帝都新報の男性記者であった。

　萊閃は板木や森川と別れ、取り返した財布を大切に仕舞い、手帳を見ながら小春の家へ向かった。

　小春の家は通りに面した一番北側にあった。家屋がひしめき合って南北に延びていた。

　ごめんください、と戸を叩くと、陸軍の防寒具を羽織った青年と対面した。

「何の用だ」

「小春さんに、盗まれたものを届けに来たのです」

　萊閃はそう言って、赤い財布を出した。青年の能面のような表情が解けた。

「あぁ、君が妹が言っていた人か！　すみません、それは失礼しました」

　どうぞ上がってくれと青年は促した。萊閃は青年に真面目そうな印象を抱いた。

　二階建ての小さな家だった。壁に箪笥があり、布団を入れるための襖がその横に二枚あった。萊閃は促されるままに草履を脱ぎ、箪笥の前の畳の座布団に座った。小春は三つ編みのお下げを揺らし、鼻歌を歌いながらかまどの鍋に食材を入れていた。

依頼の報酬として御飯をご馳走になる案件は多く、色々な御飯を味わうために依頼を探す相談士もいた。報酬としてご馳走になる場合、両者にとって精神的にも金銭的にも負担にならないように努めるよう言い渡されていた。

萊閃がちゃぶ台の上へ財布を差し出した。兄は萊閃と対面して座り、頭を下げた。

「まずは、財布を取り返してくれて本当にありがとう。これが戻って来なければ家賃も払えなくて途方に暮れるところだった。心から感謝する」

兄は財布を受け取ると、嬉しそうに微笑む萊閃の顔前まで上げた。

「ところでこの財布、見覚えないですか？」

萊閃はしばらく財布を見つめて首をかしげた。

「そうか……」

兄は残念そうな表情で、平静を装った。そして箪笥の中へ財布を隠しながら、萊閃と互いに身の上話をした。

小春の兄は冬樹《ふゆき》といい、数ヵ月前に二十歳になったばかりであった。元来一つのことを長く続けられない性質であったが、いざという時のために貯金だけは続けていた。帝都へ四年前に出稼ぎにやってきてから職と住所を転々としていたが、一年前に小春が出稼ぎにやって来てから、湯島に落ち着いたという。五人兄妹の長男で、いずれ帰郷して家督を継がなければならないと頭の片隅で思いつつも、もう少し自由に生きていたいと思っていた。

「妹から聞いたよ。君は相談士だそうだね？」

萊閃は頷いて、相談士についての概略を伝えた。

「そこでお願いがある。兵役の義務をなくしてくれ！」

「……無理です」

萊閃は内心呆れながら答えた。男子に生まれたのならば満二十歳になると徴兵検査を受けなければならなかった。

「そこを何とか！」

萊閃はため息をついて首を振った。冬樹は冗談めかしながらも真剣な眼差しで言った。

「だって可笑《おか》しいと思わないかい？　物価には苦しめられているけれど、年が経つにつれて民衆の声が権力者たちまで届くようになってきている。民本主義の足音も聞こえてくる。そのうち平民から首相が生まれたら、まさに平和そのものじゃないか。だのに、どうして兵役なんて課すんだろう？」

萊閃はしばらく考え込んだ。

冬樹の考えているう平和というのは力と力のバランスが取れている状態のこと。若しくは、全ての力そのものが無力化された状態であった。

仮に、全ての軍隊を解体すれば、無法者たちへの抑止力がなくなってしまう。仮に、存在する全ての軍隊が国を離れて国際機関の下に所属し、責任を持って自国の不穏分子に対応し続ければ、力と力の均衡は崩れにくくなるだろう。だが、争いや悲劇はなくならない。仮に全人類が各々の違いを認め、見返りを求めずに自分も他人も思いやり、一丸となって争いがない世界になるための行動を取り続けることができれば、戦争など起きるはずがないのである。

萊閃はしばらく考え込み、海軍に居たという父が残した書物の内容を噛み砕いて伝えた。冬樹は最終的に大切な人を守るためだと理解した。

しかしながら、戦争が起きなければ平和であると果たして言い切れるのだろうか。全ての人が幸せだと自然に感じることこそが真の平和ではなかろうか。

そのためにはまず兵器をなくすこと。殺人事件を減らすために、世界中で銃や刀剣類、火薬など殺傷の可能性がある物の所持を護身目的であっても禁止すること。世界中で許可なくそれらを所持しているだけで逮捕できるようにすれば、大切な人が殺されて涙する悲惨な事件は確実に減るだろう。

そしてその上で、徒手格闘での争いが起きないように、この世の全ての人の心の性質を善良へと清めるべきである。思想統一はせず、他の存在への労りと慈しみの気持ちを常に胸に抱きながら行動すべきである。いずれにせよ、銃や刀剣類の所持が禁止されていない大正七年に真の平和など、夢にも見ない話であった。

冬樹は防寒具の頭巾を被るとため息をついた。

「僕は、肉体労働ばかりしていたからか、初めての徴兵検査で甲種合格してしまってね、四月から陸軍所属になってしまったんだ。だから、家に帰って来るまでの二年間妹を誰に預けようか困っているんだ」

「兄様、心配しないでください。私は一人でも大丈夫ですから」

木製のお盆を持って小春はちゃぶ台へやって来ていた。兄は配膳を手伝いながら言った。

「大丈夫な訳ないだろう。大事な身内を危ない目に遭わせたくないし、渋谷町にいる親戚に身を寄せるにしても、婦人に対してお父さんとは真逆の考え方を持っている人だからな」

配膳が終わった。献立は玄米と剝きシャコと焼き豆腐の鍋、ロール・キャベーヂであった。ロール・キャベージはロール・キャベツの一種で肉の塊を巻くのではなかった。芯を切った茹でキャベツに駒切れハムを散らして挟み、それを五層積み上げて丸めたものであった。

食べよう、と冬樹が言って、一斉に合掌した。莱閃は湯気の消えたキャベツ巻きに箸を伸ばした。想像よりも妙に甘い。素材が持つ甘みというより砂糖の甘さに近かった。

小春は張り切って鍋を取り仕切っていた。兄に渡した後、ゆっくりと木目が入った器に盛り付けた。

「お鍋、お料理の本を見ながら、初めて作ったんですけど……どうですか？」

鍋はさらに甘い。ロール・キャベージを茹でた汁を使ったのだろう。顔を顰めた兄が初歩的な失敗を耳打ちした。妹は額を押さえて呻き声を上げながら固まった。

「美味しいよ。甘いの、好きだから」

兄は微笑み、優しい人だねと妹に小声で言った。妹は心から嬉しそうだった。兄は黙ってシャコ鍋を平らげると、莱閃の方を向いて仰々しく言った。

「それで、先ほどの話の続きだけど、妹を家政婦として雇ってもらえる場所を探してほしいんだ。料理は稀にこうなる場合があるけど普段は美味しいんだ。しかし、裁縫に関しては全然……」

「ちょっと、お兄様！」

小春は河豚《ふぐ》のように頬を膨らませて、隣を小突いた。兄はまぁまぁ、と宥《なだ》めて言った。

「だから不器用な妹が望むような立派な妻になるように、安心して花嫁修業できるような場所を探してほしいんだ」

「ちょっと、お兄様……」

妹は膨らませた頬をしぼませて、ほんのり赤くなった。

仲の良い兄と妹の関係は同性の親友へ抱く感情に良く似ている。小春は兄に恋愛感情を抱いているのではなく、家族の一人として兄が好きであった。兄は妹の行く末を心配していたが、妹の頭の中では考えが飛躍していた。兄とも家族とも離れて姓を変え、誰かに甘い料理を振る舞っている様子を思い描いていた。

萊閃は冬樹を見たまま言った。

「家政婦なら、話は早いかもしれません。室長と家政婦の人に掛け合ってみましょう」

小春が素っ頓狂な声を上げた。萊閃が兄妹に事情を伝えた。

成瀬相談室に住まう人の中で家事をまともにこなせる人は一人しかいなかった。東雲夫婦は離れの和室を住まいとして使わせてもらう代わりに、相談室の経理を夫が、家事を妻が任されていた。以前は家事手伝いをもう一人雇っていたが、昨年末に相談士の一人を連れて帰郷したまま音信不通になっていた。

相談室の内情を聞きながら、小春は頭の中の世界から帰って来れなくなっていた。茶碗を持ったまま箸を置き、正座したまま顔を蕩《とろ》けさせ、時折ふふっと笑った。彼女を知り合いの一人と思っている萊閃から見たその時の小春は完全に怪しい人であった。

そんな妹を視界に入れながら兄は苦笑して聞いた。

「相談室には女中部屋はあるのか？」

「二階の一室がそうなっているから、心配は無用です」

「何卒、是非、よろしくお願いします！」

小春は萊閃に頭を下げると、天にも昇りそうな心地で箸を動かした。

萊閃は相談室での東雲夫人の仕事の流れを伝えながら箸を動かした。小春は生返事を返すばかりであった。

三人がもう一度手を合わせると、小春は自ら進んで食器を片付けた。気持ちは既に相談室の一員という感じであった。冬樹は急須と湯飲みを人数分持ってきた。出涸らしで申し訳ないと言いながら、萊閃にほうじ茶を差し出した。

一息ついて寛いでいると、冬樹が思いついたように切り出した。

「実は、僕自身も悩んでいることがあるんだけど、聞いてもらえないかい？」

萊閃は、小春の依頼とあわせて達成可能かどうか頭の中で天秤に掛けた。

「聞きましょう」

冬樹は礼を言って答えた。

「帝都で、僕らでも払えるような月謝で茶道を習える所はないだろうか。僕は陸軍所属になるから習うのは到底無理だろうけど、小春が湯島へ来てから習いたいって言っているから、通わせてほしいんだ」

「それなら、お安いご用です」

萊閃は自然に笑みがこぼれていた。この相談の報酬は兄妹の温かい気持ちで十分だと思った。

「では、そろそろ失礼します」

萊閃は頭を下げると、荷物を持って戸口へ向かった。洗い物を終えた小春は後を追い、通りを歩き出した萊閃を引き留めた。

「今日は、本当にありがとうございました」

どういたしまして、と萊閃が答えて言った。

「玄米、結構おいしかったから、家政婦の件は室長と東雲夫人に進言しておく。あと、茶道を習いたいってお兄さんから聞いたけど、探しておこうか？」

「ありがとうございます！　茶道の件もよろしくお願いします！」

萊閃は外套を翻し、そうして、またね、と手を振って京橋へ歩き出した。小春は足音が聞こえなくなるまで首を垂れた。そして吐息を一つ吐くと、嬉しそうに家の中へ駆け込んだ。

萊閃が居なくなった宵闇の中、長屋の家々の灯は温かく灯っていた。

六、

相談室へ新しい家政婦の話を持って帰るとその日のうちに採用が決まった。それから四日後の夜、相談室へやってきた小春は早速初仕事を任されていた。相談室は中年女性の相談に乗っていた。中年女性から日程に関して夜七時以降に寄りたいと電話で要望があり、夕食後に萊閃が担当することになった。食後の片付けと子供の世話をしている東雲夫人に代わってその人へのお茶出しが小春の初仕事となった。

「失礼します」

小春が東雲夫人から口頭で教わったとおりに扉を開けると萊閃は筆記具を止めてこちら

を一瞥した。陽太という名前、瓜顔、穏やかそうな瞳と二重、とメモのページには捜し人の外見の特徴などが書かれていた。

小春はお盆の湯飲みがカタカタと小さく揺れ始めていたことに気がつき、一呼吸を置いて対面するお客様と相談士の元へ向かった。

小春は、東雲夫人から物が置いてある場所を聞きながら選んだ名碗を差し出し、ほうじ茶を淹《い》れた。白い名碗に小麦色が注がれると、萊閃が咳払いをした。

「すみません。実は彼女、今日が初仕事なので……」

ほうじ茶がゆっくり差し出されるのを見ながら、中年女性が微笑んで言った。

「良いのよ。私、実は玉露よりほうじ茶の方が好きなのよ。あの人との思い出があるから」

その表情は無理して微笑んでいるように見えた。

「あの人帝都に居るって噂で聞いていたけど、どこに住んでいるか分からないし、もう二十年以上も会えていないから、すれ違っても気付けないかもしれないもの。参考になるか分からないけれど、名前以外の特徴はそれくらいかしら」

中年女性はお茶をゆっくりと一口飲んだ。

「おいしいほうじ茶だわ。炭はどうしているの、茶葉は？」

「え、ええっと……」困惑する小春に萊閃が助け舟を出した。

「炭焼きのお爺さんの材料を取るのを手伝ったことがあって、その報酬として貰ったのです。あぁ、ウチは金銭以外の報酬も認めているんですよ。茶葉は日本橋で買い付けているんですけど、備蓄を確認した時の袋が確か気仙茶だったような」

茶葉の産地を聞いた中年女性は深く頷いて、もう一口ほうじ茶を飲んだ。そうして遠くの方を眺めて言った。

「そういえば昔、あの人がほうじ茶で使う炭の材料を取るのを手伝ってくれたことがあったわ」

中年女性は微笑んでいた。寂しそうに、時に楽しそうに話す様子から、大切なご子息を捜す依頼だろうと小春は感じていた。

「それで成功報酬ですけど、現金でも良いでしょうか。私が他にできることは茶道を教えることしかありませんし」

萊閃が冬樹の依頼を思い出して提案した。

「実は、お茶出しをしてくれたこの子が茶道を習ってみたいと前々から言っているので、体験に行っても良いでしょうか？」

小春が驚きつつ、話を合わせた。

「帝都の私の家の近所にお茶の知識が豊富な人が居て、前の仕事で役立てるためにその人から茶葉については色々教わったことがあるのですが、お茶の作法については興味が無かった頃にさらりと教わって、ほとんど覚えていないので習ってみたいです」

中年女性は快く承諾した。

「分かりました。日程はまた電話でご連絡いたします」

中年女性は小さい鞄を持って立ち上がり、一礼した。

「それではよろしくお願いしますね」

客人を見送った後、玄関で萊閃が頭を抱えていた。

中年女性からの人捜しの依頼は、解決の糸口が見当たらなければ、相談室の全員で取りかかっても困難だろうと萊閃は感じていた。危険な目に遭う可能性も高かった。それこそ、駿一郎を捜す依頼と同じくらいかそれ以上だと。

「どんな依頼だったんですか？」

小春はおずおずと聞いた。萊閃はゆっくりと頷いて人捜しの依頼だと言った。捜し人の姓名を聞いた時、小春の目と顔が少しだけ反応した。どこかで聞いたことがあるような名前だったが、その時は思い出せなかった。

七、

小春の初仕事から数日後に、歓迎会が食堂で慎ましやかに行われていた。室長は小春に頼まれて、相談室が生まれるきっかけを話していた。

罠に嵌《はま》り、兄から引き継いだ探偵社を潰してしまった。自分の頭が悪い所為だと落ちぶれて、周りからも見放された。親の脛《すね》をかじって酒に道楽に入り浸っていた。そんな中、バーで知り合いの男との再会が切っ掛けで成瀬は心を入れ替えた。

彼は月宮の元家庭教師であり、既婚者となっていた。妻が居ると知らずにその男を想い続けるのは残酷なことであった。

「お金ってのは均一に価値を決められる。資本主義の世の中じゃあなくては生きて行けないけど、行動や考え方がお金に縛られて、思いやりや優しさ、礼儀を忘れてしまう人もいる。人の想いや気持ちってものは、お金の値段と必ずしも等価とは限らないよね。だから物品報酬制を思い付いたんだ」

その場には室長の友人の布施警部も混じっていた。彼が結婚記念日をすっぽかしたことで夫婦喧嘩になり、ご飯抜きにされたのである。

「じゃあ、可能な限り戦いを避けているのはどうしてですか？」

「それは、本人の意識次第で人は変われるからだ。どん底に居た時に知り合いから貰った紙に、誰の言葉か知らないけれど『人生七変化』って言葉があったんだ。

『心が変われば、態度が変わる
　態度が変われば、行動が変わる
　行動が変われば、習慣が変わる
　習慣が変われば、人格が変わる
　人格が変われば、運命が変わる
　運命が変われば、人生が変わる』

って書かれてたんだ。

それを見て人は可能性の生き物なんだって思ったんだ。人生を思い返して、あの時、この時に変わらなければ、違う道を歩んでいたかもしれないって思ったんだ。俺だって陸軍で活動していたかもしれないし、祖父から武士道と理想の軍人を語られなければ、軍人になるのを拒否して家から逃げ出しただろう。選択の連鎖の結果が人生なんだと俺は思う。食事で何を食べるかによって長生きできるかも決まるだろうしね。だからお互いが死ななければ、寿命まで生きる可能性を減らすくらいなら、戦いや暴力沙汰は避けるべきだと思うんだ」

成瀬は鼻を伸ばし、小春は感嘆して言った。

「確かに、その通りです。元探偵だけあって、室長さんは賢い人なんですね！」

小春の隣に座る月宮が取り皿にハムエッグを盛り付けながら鼻高々になった成瀬を見ていた。食卓の上には肉じゃが等の和食と洋食が並べられていた。

「ねぇ、漆黒色の着物を探す依頼は大丈夫なの？　新聞のおたずね欄に載せなくても良いの？」月宮が聞いた。

「目下、情報収集中だ。心配するなって」

月宮は室長に疑念の目線を投げ続けていた。

「こんばんは。本を返しに来たが、成瀬の三男坊は寝てるか？」

しゃがれた男の声が窓越しに聞こえた。成瀬は声を開くなり立ち上がって、すぐさま玄関へ向かった。

「お久しぶりです、玉木教官」

海軍教官は鼻歌で尊敬する司令官の軍歌を口ずさんでいた。成瀬が玉木教官に貸した小説は「イカヅチ」という駆逐艦の乗組員の視点で語られる戦記物であった。

イカヅチの艦長は温厚な性格で、兵士を何より大切にしていた。家族のように思っていた。それ故に乗組員から慕われ、絶対の信頼を得ていた。

イカヅチの艦長は如何なる時も思いやりを忘れず、常に冷静さを持って何が正しいかを考えて行動できる人であった。イカヅチは弱者を虐めず、強者にも怯《ひる》まなかった。すべきことから逃げず、周りを大切にして苦しい時でも弱音を吐かなかった。

英国の兵士たちは水底へ沈む恐怖と重油にまみれながら、一日中軍艦だった物に捕まって海原を漂っていた。助けが来ない現実に絶望して自決する人も現れた。

そこへイカヅチは天使のように重油の中へ舞い降りて、鮫の群れから敵として戦った兵士に救いの手を差し伸べた。イカヅチの乗組員たちには、浮かぶ英国の兵士を見て敵への憎悪よりも負傷を悼む大切な感情が湧いていた。戦闘が終われば同じ人間なのである。出身も言葉も違うけれど、喜怒哀楽を持つ同じ人間なのであった。

英国の兵士は礼儀を尽くされ、客人として丁重に扱われた。イカヅチの乗組員よりも多い英国の兵士を収容し、貴重なガソリンで重油を落とした。英国の兵士が病院船に乗ってイカヅチを離れる時は、目いっぱい手を振って感謝の意を表したという。

教官はかつての教え子と対面して挨拶をすると、戦記物の小説を手渡して言った。

「返すのが遅くなって済まなかった。借りた本はとても良かったぞ。工藤《くどう》という艦長は本当に天晴《あっぱれ》な人間だった。蔚山沖《うるさんおき》海戦での上村《かみむら》中将を思い出したわ。教官として、こういう人間を多く育てたいと思ったぞ」

「それは依頼での報酬として受け取った本で、試しに読んでみたんです。そしたら艦長の人柄に惚れて、是非教官にも読んでほしいと思ったのです」

成瀬は尊敬する人物の役に立てて光栄だった。そして折角寄ったのだから、と玉木教官を宴会場へ案内した。一度は遠慮していた教官であったが、席に座ってしまえば大変上機嫌であった。

時計の短針は八を指そうとしていた。宴もたけなわとなり、萊閃や板木が片付けをしていると、玄関の扉が叩かれた。板木が玄関を開けると、漆黒色の着物を着た女性が駆け込んできた。板木は隣で履物を脱ぎ捨てる女性の雰囲気を目で追った。

「相談室は、成瀬相談室はこちらですか?」

黒い着物を着た女性がホールの中央へ問いかけた。

「どういったご用件でしょうか?」

食器を運んでいた萊閃が応えた。黒い着物の女性は書生の顔をよく見ずに焦りながら言った。

「私を助けてください！　追われていて、せめて数日だけも匿《かくま》っていただけませんか？」

「何か事情があるのか？」

手洗い場から出てきた私服の警部が言った。くせっ毛の女性は焦燥気味に肯定して言った。

「仕事から逃げてきた女だって分かれば、雇い主に引き渡されてしまいます。引き渡されたら私は……」

生きていられないわ。か細い声が板木の耳には届いた。

「あせびさん、ですよね？」

漆黒色の着物を着た女性は振り返って頷いた。

「その相談、この板木が責任をもって引き受けます。だから、ご安心ください」

女性が一息をついて頭を下げた。室長室から出てきた成瀬が着物を見回して驚き、混乱した。着物はずっと捜し求めていた弥生の依頼の品によく似ていた上に、この女性が弥生と瓜二つであった。

騒ぎを聞きつけた月宮が女中部屋までの案内を申し出た。階段の前まで歩いてくると、通路に立っていた萊閃が話しかけた。

「お久しぶりです」

四つ年上の黒い着物の女性は驚いてあっと声を上げた。

「ライちゃん、久しぶり。駅で別れてからどうしてたか気になるけど、込み入った話は後で」

小春は親し気な様子に不貞腐《ふてくさ》れて、着物の女性の腰を押しながら二階へ隠れるように促した。しばらくして室長室では萊閃が成瀬の質問にいくつか答えていた。

「あの依頼人の女性は萊閃の知り合いだったのか？」

萊閃は肯定して続けた。窓の外で黒い影が動いた。

「三年前、自分が進学のために帝都へやってきた時のことです。初音さんはいつも村の作物を売りに来ている人の台車で一緒に乗って工場へ出稼ぎにやってきたんです。帝都中央駅で別れた後、自分も災難に遭ってゴタゴタしてたので、ずっと工場で働いていると思ってました。でも、相談室に落ち着いてから様子を見に行ったら『秋葉初音なんて名前の人は知らない』って工場の人はみんな言うんです。工場長に聞いたら『一度も出社していない』って言うので、どうなったのか心配していたんです」

完全に酔いが醒めた成瀬が初音という名前を聞いて首をかしげた。

「なぁ、別れる時に黒い着物って着てなかったか？」

莱閃は少し唸って、覚えていないと答えた。

「じゃあ、初音さんのお母さんは？」

「たしか正月に着ていましたね。波模様が黒で上から染められていて、赤一色で染められた椿のような樹木の枝と葉っぱが印象的な着物でした」

成瀬は顔を顰めながら聞いた。黒い影は居なくなっていた。

「なぁ、初音って名前、偽名じゃないよな？」

莱閃は呆れて言った。

「逆に聞きたいんですが、何でそんなに初音さんのことを聞くんですか？」

「弥生って本名を名乗った遊女から依頼を受けたんだ。あんな着物を捜してほしいってな」

「依頼を受けた時に聞いてると思っていましたが、弥生さんって初音さんの年子の妹さんですよ。自分もよく見間違えてしまいますが、初音さんがお母さんの着物を大切に持っているって板木が言ってましたし、成瀬さんに依頼をした人は弥生さんでしょう」

成瀬は真顔になった。

八、

「あの人、結構抜けてるところあるからねぇ」

月宮が布団を敷きながら笑っていた。そうなんですか、と小春の問いかけに頷く。

二階の婦人部屋では相談室室長に関する噂話が繰り広げられていた。

「あの人が探偵を名乗ってた時、手伝いのはずのあたしが解決することも多々あったし」

小春と初音は月宮の部屋に泊まることになった。

「月宮さんは名探偵なのですか？」

小春がおずおずと聞いた。

「いいえ、ただの記者よ。あたしの仕事がきっかけとなって悪を挫《くじ》いたり、公平な世の中になることを夢見ている、ただの新聞記者よ」

小春は憧憬のこもったため息をついた。

「私のいたカフェーによくいらっしゃったから、どんなお仕事をされてるのかずっと気になっていたんです。私の知り合いには洋服を着て資料を見ている人なんていませんでしたから。すごく、素敵だと思います」

「ありがとう」

月宮は照れ臭そうにお礼を言って、顔をほころばせた。

「小春ちゃんはあの店に勤めていたんだよね？」

「はい。去年の師走から失敗続きだったので、辞めさせられてしまったんです……。来るって言った誰かさんがずっと来ないから！」

小春は風船のように頬を膨らませ、鼻を鳴らした。苦笑した月宮が口元を緩ませながら言った。

「ねぇ、小春ちゃんはライちゃん……萊閃のことが好きなのよね？」

小春は、頬を赤らめて俯いた後、微かに頷いた。

萊閃と初めて出会ったのは、実は小春が帝都へやってきた日の夕方だった。その時の小春は、帝都は治安が良くて良い人たちばかりで、夜景は電灯煌めく素敵な所だと思っていた。何の根拠も無しに。

小春が鼻歌を歌いながら歩いていると、何かに引っかかって転んでしまった。その隙に財布を手放してしまった。赤い蝦蟇《がま》口財布を拾ったのは十歳くらいの男の子であった。そして拾うなり走って逃げた。みたらし団子を食べながら見ていた萊閃が後を追いかけた。

犯人は隙を見て逃げてしまったが、財布だけは取り返すことができた。

月宮は昔を思い出して、苦笑いしながら聞いていた。相談室では依頼内容と依頼人のことを忘れないようにするため、また、依頼の傾向や物品報酬と現金報酬の割合等を計るために、ことの顚末を記述した書類を日報録として依頼の後に記して提出していた。

小春の件を通して莢閃が初めて一人で依頼を達成したことの嬉しさ、達成感、これからの相談士としての展望を書いたものの、肝心な依頼内容は何も記されていなかった。月宮は確認のために目を通して、書き直しをさせたことを覚えていた。書き直しの日報録には同世代の女の子と財布が付け加えられただけで、何度返却しても依頼人に関しての記述はそれ以上増えなかった。

「それで、初音さんはどうして相談室を知ったのかしら?」

月宮が聞くと、初音は小春の方を向いた。

「秋からお客さんや知り合いの家を転々としていたんだけど、上野の知り合いの仮住まいに一人で居たら、外で誰かが相談士って職業について語っていて。その男の人の声がどこかで聞いたことがある気がしたから、様子を見に行ったの。そしたら、女の子がぼうっと男の人が去って行く方を見つめてて、その後、黄色い悲鳴を上げて、照れ隠しで両目を覆ったまま小走りで走り出して、そのまま電柱へ」

「それよりも、それよりも！」

両手を目の前で振りながら、小春は慌てた様子で遮った。初音が微笑みながらやっぱり、と零した。

「その、遊郭の方って日中も出歩いてもいいんですか？」

「前借の借金が完済できていれば、楼主も目を瞑《つぶ》ってくれるわ」

月宮が聞いた。

「実は、遊郭についてあまり知らないの。すごく縁遠い存在だったから、遊郭はどんな所なのか、洲崎で何があったのか、聞いてもいいかしら？」

初音は、真摯な態度でゆっくりと話し始めた。

「遊郭は、牢獄のような場所です。食うに食えなくて止むなく入った人。お金が無くて両親に売られた人。逆にお金欲しさに自ら入った人。何となく入った人。帝都へ出稼ぎに出てきて、とても親切な人力車を引く男に売り飛ばされた私のような人。私は勤めることになった工場の近くまで案内を頼んで騙《だま》されたけど、足を踏み入れていい場所とは思えないわ。世間の目も厳しいから、一度外へ出たとしても、とても生きづらいし、また戻されるかもしれないから」

遊女たちは郷里へ売上の一部を送る代わりに、出世払いとして絢爛な衣装代や生活費までもツケさせられていた。その借金を返済できない限り、遊郭組合の監視から逃れることができなかった。万年町の老婆のように、裕福な人が代わりにその代金を支払えば自由の身になることができた。晴れて遊郭を抜けられたとしても、遊女だった事実は影のようについて回り、再び地獄へ落とされることもあった。

そうして初音は躊躇《ためら》いながら、決心した様子で打ち明けた。

「そして、私はいつの間にか病気を患ってしまったの」

「養生しなくて大丈夫ですか？」小春が驚いて聞いた。

「ええ、普通にしていれば移ることはないし、痛みもないし、肌を晒《さら》さなければ軽蔑されることもないわ」

「それって、もしかして……」

顔を暗くした月宮が聞いた。初音は頷くと背中の出来物を晒した。首をかしげる小春をよそに、初音は襟元を正した。

「普通ならば何ヵ月も隔離して治療に専念するらしいけど、ウチの楼主は冷酷な面を持ち合わせていて、お金にならないと分かると容赦なく切り捨てるのよ。そして、遊郭の女性たちは法律によって定期的に検査を受けさせられていたわ」

その病は早期に受診し対処すれば完治する病である。感染から三週間から三ヵ月の間に発疹が出るが、数週間放置しておけば消えてしまう。そのまま安心して放置してしまうと、三年から十年後に骨や筋肉、肝臓などの臓器にまで硬いしこりができ天狗の鼻のように腫れてしまう。それでも放置し続けると、脳や血管に原因となる細菌が入り込んで、神経や心臓を破壊し、最悪の場合は命をも貪る病である。

花柳病は早期に発見できれば治りやすいが、その治療法が確立するのは次の時代のことであった。

「私は昨秋、遊郭から逃げ出してしまったのよ。鎌鼬に私の命も刈り取ってもらおうと考えていたの。不治の病にかかってしまったのだから。夢も希望もなく生きていたって、絶対に幸せになれる訳がない。だったら、死んでしまった方が良いって思ったの」

月宮は何も言えなかった。家制度という鳥籠の中で、恋い焦がれた人と添い遂げられないという分かり切った結末ならば変えることができた。そのことで悩んだとしても一度たりとも自分の命を断ちたいと思うことはなかった。

だがもし、自分が抱える悩みが体質的なものだったらどうだっただろうか。自分の力だけではどうにもならないことだったらどうだっただろうか。

初音の話を聞きながら頭を回したが、想像がつかなかった。ただ、そうやって思いつめた人たちのために相談室という駆け込み寺が存在している。

「でも、今の初音さんは死にたいって思っていませんよね。こうして生きて、助けを求めていますよね」小春が問いかけた。

「困ったことに、死のうと思った時に限って余計なことをする人がいたのよ」

水路へ身投げする前日に、陸軍の方がやってきた。上官らしい髭を立派に生やした軍人と、自分より一つ二つ年上の士官だった。初音は若い士官が一目見て恋に落ちたと思った。

初音はあせびという源氏名で沢山の男たちを見て来た。その男たちの中で、初音に惚れ込んで常連になってくれる人は大抵、一度目線を合わせただけで顔を輝かせるか、仏頂面をするかのどちらかだった。

彼女の脳内では、仕事をし易くするための定石が幾つも出来上がっていた。定石は幾つもの失敗が積み重なって出来上がったものだった。お酌の仕方、立ち居振る舞い。目線から言葉遣いまで様々だった。定石はいつしか初音の中であせびという別人を、役柄を作り上げていた。

客が熱を上げるのは初音という人ではなく、否定したい遊女としての自分の一面だけだと感じていた。何時《いっ》しかそんな自分を悲しいと思えなくなってしまっていた。彼女を癒したのは、上野の桜や鮮やかに色づいた木々の葉っぱなど、帝都とその近郊から客が持ってきた自然の一部だけであった。

その時、目を輝かせて仏頂面になったその若い軍人を見て、あせびを演じる初音はすぐさま定石に当てはめた。若い軍人ならば見栄を張って、自分がどんな戦果を挙げたとか、嘘八百でも言って威張り散らすのだろうと思っていた。

だが若い軍人は黙っていた。何も言わなかったから、あせびは引っ込み思案で上がっているのだろうと定石に当てはめた。お酌をしながら、会話の方向性を決めるために、若い軍人の基本情報の質問をした。彼は名前を聞いてもつまらない名前だと前置きして言った。

その若い軍人は遊郭に興味すら持っていなかった。ただ上官に付き合って果てる場所への列車に乗り、上官について途中下車した感じであった。

あせびは驚いていた。死に場所を求めて軍隊に入ったという人と初めて出会った。遊郭に、女にさほど興味もないのにやってくる男が居るとは思っても居なかった。定石が当てにならない彼がどんな手を打ってくるか興味をそそられた。

この軍人はとても明るくて気さくであった。壁はあるものの、冗談を言って打ち解ければすぐに親しくなれる人だった。即興で作る面白おかしい話と駄洒落に遊女は意識せずとも笑みを零していた。遊女が興味本位で、大正の一般風俗で禁止されている太腿を晒しても、軍人は目線を指先と着物へ移そうとしなかった。

燭台の明かりはまもなく消えそうであった。軍人が帰ろうと立ち上がった。遊女も正座を解いて立ち上がった。一歩、二歩進むと足が痺れ、裾を踏んでしまった。彼女は軍人の腕の中へ抱き留められるようにして倒れた。

遊女は腕の中で俯いて黙っていた。囁き声に目線を合わせると、うなじ、スッとした鼻、そして切れ目がちな黒目に視線が吸い寄せられて行った。

初音はその時を思い返して、両手を頬へ持って行った。

「大丈夫かって言われた時以外、その人は一度も肌を触らなかったわ。それからも沙羅楼を去るまでずっと、ずっと私の心を理解しようとしていたの。それからの私はただ、首を縦か横に振ることしかできなかったわ。まさか、本気で恋をするとは思わなかった。もう一度、他人を心から愛おしいと思う日が来るとは思わなかった。寂しさと悲しさで冷たくなった私の心が、温かい気持ちを抱くなんて思ってなかったわ」

憂鬱なため息を一つついて、さらに続けた。

「私は、別れ際に太一と名乗ったあの人がもう一度来ることを願ってたの。でも、真面目な人だから、来なそうだわって思ったわ。だからもう一度、乱暴な人たちから逃げ出して、会いたいって思ったの」

「切ないですね、とても……」

小春がしんみりと言うと、初音は袖で瞳を隠し、ため息をつきながら肩を震わせた。涙で濡れる袖に月宮が手を添えて慰めた。

「何とかしてあげたいわ」

窓から差し込む月の白い光が相談室を妖しく照らす中、月宮は目を瞑って思案していた。

九、

一階では等間隔に間をおいて半円状に玄関を相談室の男たちが囲んでいた。次第に足音と怒声が大きくなり、ドアが勢いよく開かれた。

「ようこそ、成瀬相談室へ。今日は、どのようなご相談でしょうか？」

半円の中央にいる室長が歩み出た。

「相談ではない。要求だ、あせびを出せ」

「ここにあせびという人はいない」

成瀬が英語で即答した。大柄な男が一瞬驚き、笑みを浮かべて言った。

「この扉を潜《くぐ》るのを俺は確かに見ていたんだ」大柄が違う国の言葉で言った。

「扉へ入ったところを見たとのことですが、どのような風貌でしたか？」

布施警部の同じ国の言葉での質問に偵察は動揺した。偵察が独逸語で罵倒すると、板木が訳して全員に伝えた。常套の手段が使えないと分かると、黒月の男たちは一貫して帝国語で話していた。大柄な男の前、先頭に立つ男が代わりに答えた。

「あせびの風貌は、卵のような顔立ちにつぶらな瞳、くせっ毛があって、瀟洒な美人だ。そして普段は白い花が咲いた悪趣味な植物が描かれたものを着ているんだ」

「その方はあせびさんではありません。先ほどやって来た人は弥生と名乗っていましたし、黒い着物を着ていました」

莢閃が庇《かば》った。実生活において嘘や誤魔化しはしてはならないと彼は考えていたが、命を守るためならば止むを得ない。続けて来訪者に問いかけた。

「失礼ですが、人違いではありませんか？」

「そんなはずはない。駅で見つけて運んだ俺が見間違う訳がねぇ！　あれはあせびだ！

秋葉初音に違いねぇ」

「落ち着いてください」

集団の中から声が聞こえた。眼鏡をかけた中年の男が現れて、先頭の男を制した。その男が耳元で囁くと、先頭の男の表情は面目無さそうになった。中年の黒月帝都本部の辻《つじ》副代表は落ち着いた様子で相談室の面々と対峙した。

「大変失礼いたしました。本日は成瀬相談室様へご依頼したいことがございます。あせびさんを、捜していただけないでしょうか？」

口を開きかけた萊閃を、副代表が声量をあげて制した。

「相談室が、資金繰りに苦しんでいるのは知っています。期日までに捜していただければ五十円を報酬といたしましょう」

「それは、受け入れられない」

「では、百円ではどうでしょう？」

「お金の問題じゃない」

命の問題だ、と言おうとした口を噤《つぐ》んだ。成瀬は考えながら言葉を紡ぎ出していた。そう言ってしまえばあせびが相談室にいると認めるようなものである。責任者として穏便に事態を打開しなければ全員お陀仏間違いなしだ。

「……金額次第で了承するなら、物品報酬なんてやってないさ」

「確かに、それもそうですね」

副代表は、口元に笑みを湛えて言った。胸元へ伸ばした手を下ろした。

「聞いた話ですが、成瀬家は長男が不幸に遭い、次男も失踪してしまった。成瀬家の跡取りはもう君しか居ないが、三十過ぎても独り身だ。さらばこそ、私が報酬として良縁を運んで来るのはどうだろうか」

三男の忠正は後ろへ両手を回し、左手首を掴んだ。話を聞きながら右手を握りしめた。兄たちが居なくなった原因が目の前に居た。息を整え、心を整えて、穏やかな表情を作って答えた。

「有難い話ですが、それは成瀬家の問題であって相談室全体の利益にはならないので」

「そうでしょうか。雇っていた家政婦が年末に恋人との縁談を認めてもらうため、東北へ帰省したまま帰って来ないと噂になっております。たった一人で八人もの家事をするのは大変ではないですか?」

「いいや。実は、最近可愛らしい家政婦見習いを雇ったばかりなんだ。それと俺が独身なのは、こういう不安定な仕事だからこそ、所帯を持って子供と妻に迷惑を掛けたくないんだ」

室長は首を振って言った。申し訳なさそうな表情の裏では、同時に黒月の情報網の広さに戦慄していた。

黒月帝都本部の辻副代表はあせびこと初音を相談室が匿っているのを確信している。黒月にとって成瀬家は大阪で商売の利権をめぐって対立したことがある敵の一つだ。きっと構成員を近所に住まわせて、常日頃から情報を集めているのだろう。相談室の人数、職業と各々の性格まで全て把握されていると見なしていた。

「では、どうすれば引き受けていただけるのでしょうか」

辻副代表からの問いかけに成瀬は考え込んだ。

「店としては一刻も早くあせびに戻って来てほしいんだ。あせびは大変人気者だからな」

楼主がそう言った。

逃げ出すということは、元々いた場所に何らかの問題があるということである。相談室としてあせびを渡す訳にはいかないが、渡さなければ傷害沙汰になりかねない。

先ほど見せた副代表の腕の動きで、死へ誘う黒い鉄がその懐にあるのは分かっていた。張り詰めた緊張感の中で、戦いを極力回避する相談室の流儀に則りつつもあせびを守り、相手の要求に答える最善の手を思いつく可能性は零に等しかった。

「ならば、そちらが待てる期日までに電話で連絡するか、使いの者をそちらへ遣るのはどうだろうか。それを以て引き受けるかどうかの回答としたい」

副代表は楼主と小声で話すと、両者ともに頷いた。

「それでは、一週間待ちましょう。来月の一日までに何の音沙汰もなければ、直々に向かいますので、覚悟してくださいね」

踵を返して部下の間を縫ってゆく副代表を萊閃が呼び止めた。

「待ってください。あせびさんは京橋以外だとどこへ出向きそうですか？」

合図をした辻副代表は振り向きもせずに京橋の闇へ消えていった。副代表の一声で構成員たちも歩み出した。

「上野だろうな。公園に桜を見に行くかもしれない」

楼主もそう言って歩み始める。

「見つけたらどこへ行けば？」

玄関の扉に手を添えた楼主が振り返った。

「洲崎の沙羅楼へ連れてこい。次の月曜日の午後三時にな、必ずだ！」

そうして、音を立てて玄関の扉は閉ざされた。外の闇と完全に遮断されると、学生二人は安堵と共に、気の抜けた風船のようにその場に崩れ落ちた。

「よくやったぞ」布施が二人の肩に腕を回した。

「最悪だよ。奴ら、黒月だよな……」板木の表情は晴れない。

「いいや、ここを血で上塗りしなかっただけありがたいと思うんだ」玉木が絨毯をちらりと見て諭した。

室長は首を振ると、腕を組んで赤いカーペットの上を一心不乱に歩き回った。萊閃が二階へ上がり、危険が去ったことを伝えに行くと、しゃがみ込んだ板木が成瀬を見上げて言った。

「室長、彼女を守ってくれますよね」

成瀬は黙考していた。あせびを一週間以上匿い続けて黒月との約束を反故にすれば、間違いなくこの五人は命の危険に晒される。姿を見ていなくても、日常的に出入りする住人も狙われるかもしれない。かといって、あせびを黒月へ差し出すなど以ての外である。

そうして室長は唸り声と共に頭を掻きむしり、詰んだわ、と天を仰いだ。

「決断を先送りにしたけど、手が思いつかないわ。この屋敷が爆破される未来しか見えない」

布施が歩み寄って言った。

「何弱気なこと言ってんだよ。黒月の悪事を挫き、凶悪犯罪を未然に防ぐためにウチの課の新設を提案したんだろう?」

成瀬は悪態をつきながら言った。

「分かってるよ！　でもな……」

「お前は真面目過ぎるんだ。別に律儀にどっちも守り通す必要はないだろう。相談室が守りたいのはどっちだ？　依頼人との約束か、それとも命か。それを考えれば取るべき選択は明白だろう」

「命なのは分かってる！　だが恨みを買って、ここに居る全員に怖い思いをさせる訳にはいかないだろう」

成瀬の言葉を最後に、一同は黙ってしまった。

重い沈黙を突き破ったのは足音であった。月宮と萊閃が二階から降りて来ていた。萊閃は階段を降りながら、和服姿の月宮に事情を伝えていた。月宮は一通り聞き終わると、頷いて言った。

「ねぇ、これって好機じゃないかしら。黒月を懲らしめて、あわよくば壊滅させるのよ」

「黒月自体が帝都から消滅すれば確かに初音さんを救えますが、そんなことってできるのでしょうか？」

「少なくとも、初音さんを苦しめる人たちは逮捕できるわ」

月宮は微笑みながら頷いた。二人はホールへ降りてきていた。

「黒月はきっと、一枚岩じゃないのよ。秘密結社だから実際はどうなっているのか分からないけれど、義理人情よりも金銭を拝み、そしてすぐに暴力に頼って人を亡き者にしようとする人たちが黒月の内部に居るのは確かよ。初音さんから話を聞いていると、沙羅楼はそういう人たちの手中にあるらしいの。調べれば何かしらの罪状が出てくるはずよ。だから予め布施さんたち警察に連絡した上で挑発して、やってきたところを片っ端から捕まえていくのよ」

「なるほど。その方法なら一網打尽にできるだろう」

布施警部がそう言うと、玉木教官が頷いて言った。

「もし人手が必要ならば、私の伝手《つて》で警察に所属する予備役《よびえき》を集められるだけ集めよう。国の安寧を仇《あだ》なす黒月を捕まえて、心を清めさせるためならば必ずや集まってくれるでしょう」

布施は朗笑しながら言った。

「ダルマのような顔をした私の先生がおっしゃったのですが、今生に生きる全ての人が人格者となれば、あの世ではなくこの世が楽園になるでしょう。夫としてはまだまだですが、警察官としてそのために全力を尽くしたいと、日々精進しています」

その瞳には、静かな闘志が燃えていた。

月宮が微笑んで言った。

「それと来週の月曜って煽るには都合がいい日なの。黒月の下っ端の人は新聞なんて読んでないだろうから、その日が何の日か知らないはずよ」

一同は指を折って日を数え、驚嘆してため息をついた。離れとの出入り口で様子を見に来ていた家事手伝いの東雲夫人が手を叩いて言った。

「三年前の読売新聞のエイプリルフールの記事はたしか、掃除の時に見ましたよ。以前、誰かさんが悪戯《いたずら》に使った後、机の引き出しに切り抜いて取ってあるのを……」

成瀬が途端に慌てふためいて大げさに机の引き出しを漁り始めた。全員に眠るよう促した。一同は苦笑いをしながらその場を後にした。

ただ、萊閃だけは皆が去るまでその場で立ち止まっていた。

「別件の糸口、見つかりましたね」

萊閃は微笑みながらそう言って、成瀬も頷いた。萊閃は黒月に関する別件の依頼を受けていた。

「後は、人柄と依頼人をどう思っているか次第ってところだ。達成のために確定要素としてどちらかの情報は絶対に欲しいところだけど、人柄を探るのも、あの状況じゃ厳しかったし、博打になりそうだな」

そう言って唸りながら腕を組んだ。二人は今後の予定を話し合った。

十、

初音は三階のバルコニーから外を眺めていた。籐の椅子に座り、白い花と若草のような緑色の着物を着ていた。相談室の周りは道と家屋ばかりで目線の高さに木々は一本もなかった。

「ここに居たんですね」

階段から視線を感じて初音は振り返った。板木と名乗った医学生が居た。彼は何度か沙羅楼に足を運んでくれたお客様の一人だった。

「えぇ、ここは温かいし、通りがよく見えるから」

「誰かを捜しているのですか？」

初音は頷いて、胸元を手で押さえた。仄かに染まった頬を見て板木は胸が針で刺されたように疼いた。話す二人の背後でゆっくりと音を立てて板が軋んだ。

「ある人を捜しているの。一度だけいらっしゃった若い軍人のお客様よ。らしくもなくどこに住んでいる太一さんなのか聞けず仕舞いだったから、せめてそれだけでも伺いたいの」

　板木は不意の切なさを隠しながら、普段の調子で隣の椅子に座った。

「でしたら、この板木が捜して見せましょうか？」

「そこまでしなくても良いわ。命を守ってくれるだけで充分ですもの、会えるかどうかは縁が決めることよ」

　初音は弱々しく微笑んだ。どちらも本心であった。相談室ではヒナギクに癒されるか、東雲夫婦の娘の相手以外に暇をつぶすことがなく、外を見ていると、無意識のうちに恋い焦がれた人を捜してしまった。

　沈黙が漂った。板木は無表情のまま悩んでいた。地雷を踏んで失恋した経験があった。会いたいと言いつつも会わなくても良いと言った理由が分からずにいた。これが乙女心という奴の仕業なのか、何か事情があるのか聞くにも聞けなかった。一見、真面目そうな印象でありながら沙羅楼に居た理由が関係していそうだとは思ったが、神経質にならざるを得ない話題であった。

　別の話題を切り出そうとして、板木は頭を回転させた。初音にある女性を引き合わせたいとも考えていて、何とかそれに繋がる話題を切り出そうとしていた。天気の話題、誕生日の話題、思いつくのは全て一言で会話が終わる話ばかりであった。

「あら……」

首を振る板木の隣で、初音が意外な調子で声を上げた。板木がぼんやりと外を眺めると、硝子の向こうを一枚の淡い桃色がひらひらと舞い落ちていた。桜の花弁は一枚一枚、引っ付くことも重なることもなく、二人の目の前を通り過ぎていた。

「どうして桜の花びらが飛んでいるのかしら」

「……春だからだよ」

咳払いをする青年の隣で初音は噴き出した。青年は何か悪いことでも言ったのかと憤慨し、初音は手を叩いて笑いながら首を振った。そして一頻《ひとしき》り笑ってため息をついた。バツが悪そうにする知人の顔を一目見て、初音は微笑みながら窓を見た。よくよく見ると、折り目が付いている花弁もあった。

「私ね、桜が好きなの。桜を見ていると色々な思い出が浮かび上がってくるのよ。尋常小学校の入学式とか、家族や門下生の人たちとの花見でのどんちゃん騒ぎとか」

初音は隣をちらりと見て言った。

「私ね、お父さんが道場の師範代で剣道を習っていたのよ。面と胴を付けて、四つ割りの竹刀を持って真剣勝負をして、終わった後は打ち解け合って歓談する様子を見て楽しそうだなって思ったの」

微笑む初音の表情に陰りが差した。

「女がそんなことをするなって思うかもしれないけど」

「思わないよ。世の中の人は男はこうでなければならない、女はこうでなければならない、って型に嵌めようとするけども、僕はそう思わない。人の興味関心は誰かが制限するべきじゃないと思うし、スポーツなんて女がすべきじゃないって風潮の中で自分の考えを持って行動できることって凄いと思うよ」

初音は嬉しそうにはにかみながら頷いた。両親は剣道を習う初音を一度も肯定してくれたことがなかった。

彼女の母親は娘二人に、世間受けするおしとやかな女性になってもらうことを望んでいて、父は興味を持って習い始めたことを嬉しいと思いつつも、初音が将来見合いをする時に足枷《あしかせ》となるかもしれないとも思っていて、素直に喜べなかった。

「確かに、力だけ見て男の方が上だって言う同世代にそれが間違ってるって言うために、鬼みたいに怒って勝負を挑んだりもしたわ」

初音は数歩窓へ歩み寄りながら、紙吹雪のように落ちてくる桜の花びらを見あげて、郷愁に浸りながら呟いた。

「門下生のみんなで行った花見は楽しかったなぁ」

くすぐ笑った。

「う、上野へ行かないか？」

唐突に、板木は上ずった調子で言った。振り向いた遊女は定石に当てはめて、悪戯っぽく笑った。

「あせびさんと花見へ行きたいの？」

「それもあるけど、今回はあなたに会ってほしい人がいる」

板木は首を振って答えた。自分の欲求は後日に回して相談室の意向を優先した。初音が依頼人と会わなければ、計画は破綻し、十中八九相談室にいる全員が黒月の餌食になってしまう。花見ならば、生きていれば何時でも春に行けるだろう。生きてさえいれば四月が二人で過ごす一番の日になるだろう。

初音は親しい依頼人の名前を聞いて嬉しそうに思い出を語った。思い出話は止まらなかった。これで良かったのだと彼女を見ながら板木は思った。

依頼人と初音の面会の日程を相談していると、二人の背後で再び階段が軋んだ。助け舟を出した友人が四階へ上る手すりに触れていた。彼が拾い集めた綺麗な桜の花びらが入った漆塗りの大きな器は空っぽになっていた。花見の日付を聞いた莱閃は、背嚢に癒しの白い猫を連れだって深川へ向かった。

数日前に依頼で漆黒色の着物を捜しているとだけ聞いた初音は、それを成瀬に渡した。相談室では藍色の着物を東雲夫人から借りて身につけていた。

成瀬が漆黒色の着物を持って弥生から指定された場所へ行くともぬけの殻だった。居場所は三日かけて、探し当てた。板木が精力的に探し回ったが、見つけたのはヒナギクだった。

萊閃は着物を持って深川下町の、関取一人ほどの幅の通りを歩いていた。土の上を歩く萊閃の横を子供たちが通り過ぎていった。

用水路の上に被せられた板がドンドンと響いた。萊閃の背後から紙芝居の拍子木が律動していた。子供たちは読み聞かせられる物語が何なのか、期待しながら語り合っていた。一人だけ男の子が遅れて走っていた。菓子屋から一緒に出てきたその子は、窓辺に立ち、じっと中の様子を伺っている影に気を取られたのだった。

大人の男二人分の幅の通路を通って萊閃を先導するヒナギクは、影を見上げると、そのまま菓子屋の中へ入って行った。菓子屋の中では、たどたどしい接客を終えて一息ついた弥生が、白猫の来訪に驚いていた。菓子屋の前で萊閃は、粘りつくような視線を影に向けて言った。

「ねぇ、何やってるの？」

「やめろ、僕の純愛を邪魔する気か！」

仏頂面の萊閃は人差し指で森川の頬を押した。

「やめろ、板木の声真似をするな」

「本人、居ないのに」

「……なんか癪《しゃく》」

何度も頬を突く萊閃に、家の中から怪訝《けげん》な視線が向けられた。

「人の家の、窓の前で何をしてるんですか？」

「僕は、僕は一目見た時からあなたのことが忘れられませんでした。だからずっと、毎日あなたに会いに……」

森川の口が唐突に押さえられた。押さえた手を払いのけられた萊閃は、不機嫌になった森川をよそに帽子を取って会釈をした。

「ど、どうも久しぶりです。弥生さん」

三つ年上の女性はやや見下ろしながら首をかしげた。そうしてあっと声を上げて萊閃だと確かめると、軽やかに問いかけた。

「まぁまぁ、ライちゃんじゃないの。久しぶり、元気だった？　村への便りが全くないからみんな心配してたんだよ」

「それは、ごめんなさい」

萊閃はおずおずと頭を下げた。寒いから上がって、と促されるままに店の中から障子を開けられ、居住空間へ入った。森川の目の前で障子が閉められた。

弥生は影に付きまとわれるのを恐れて、上野から移り住んでいた。遠い親戚が菓子屋をやっていたので、手伝いをさせてもらいながら、二階の四畳半の部屋を間借りして住んでいた。

障子を開けた先は六畳ほどの部屋であった。中央では火がくべられていた。

囲炉裏を挟んで座る弥生がお茶とお菓子を持ってきて差し出した。近くの店から仕入れているという金鍔《きんつば》であった。萊閃が粒あんに頬をほころばせていると、村を出てからのことを聞かれた。幸せな甘さを腹に収め、お茶を一口飲むと、弥生に相談室の名刺を渡した。

「成瀬相談室……って京橋のあの洋館に居るの?」

萊閃は頷いて言った。

「一時は手違いで寮を追い出されて夜空の下で茫然としていましたが、色んな人の人情に触れて、今はそこで住み込みで働いています。相談室は依頼を受けるだけではなく、駆け込み寺のような一面もあって、それで今、初音さんを相談室が保護しています」

「そうなの！　私ね、音信不通のお姉ちゃんに会いに来たのよ」

「でも、とても危険な状況なんです」

菜閃はそう言って、あせびという名前と月宮から聞いた遊郭のことを伝えた。そして、言い辛そうに口ごもりながら、弥生への要望を伝えた。

弥生は姉のことを思い返しながら、自分のことのように聞いていた。師範の娘でありながらか弱かった弥生を守ってくれたその背中のこと。思いやりがあって、嵐で壊れた道場を建て直すための資金集めに帝都へ出た姉のこと。その帝都で騙され、暴力を突き付けられ、遊郭の格子の中でやつれた姉のことを想い、沈痛な表情を浮かべていた。そして一瞬の迷いと恐れを勇気に変えて、一肌脱ぐことを決めた。

菜閃が菓子屋から出ると、正面に森川がいた。彼は灯の点った提灯を組んだ腕の間からぶら下げている。

「話は聞かせてもらったぜ。弥生さんを沙羅楼へ送り届ける件、黙ってこの森川に任せるんだ！」

「大丈夫だ。これはすごく個人的な案件でもあるんだ。自分が尊敬する二人を助けたいから動いてるだけだから、これから知り合いに会いに行ってお願いしようと思ってるんだ」

「姉妹愛に感動したんだ。僕は一人っ子だから猶更響いたんだよ。だから、惚れた人のために動きたいって思ったんだ」

「……なるほど」

莢閃の耳元で森川が言った。

「ってことは、一寸はお金出るんだろう？　黒月の人間でも流石に引き渡しに来た人を乱暴に扱ったりはしないだろう。だから届けた後は、遊び放題じゃん？」

苦笑いをしながら莢閃は迷っていた。この仕事は命を狙われたり、浮気を疑われて迷惑を被らないために、相談室玄関でのやり取りを知らず、尚且つ警察関係者でもなく、独身でありながらも相談士からある程度信用を得ている男が適任であった。

また、その日相談室がすべき仕事は三つもあった。その日は男手が足りておらず、知り合いの協力者に頼まざるを得なかった。

十一、

三月最後の金曜日だった。弥生は店番をしなければならなかったが、事情を聞いた隣の家の人が代理を申し出て、菓子屋の店主もこれを了承した。隣人はこの辺り一帯の地主で充分な貯えがあり、盗みを働くはずがなかった。深川は門前町ということもあり、お祭りなど年中行事を通じて困った時は助け合う風土ができていた。弥生は感謝を述べて上野公園へ向かった。

長い階段の上では八分咲きの桜が揺れていた。桜の奥に西郷隆盛の銅像の台座が見えた。上野で待ち合わせといえば、平成のハチ公前よろしく西郷像の前が定番であった。台座の前では待ち人を探す老若男女が十数人いた。歩むにつれ青銅の色がはっきりと見えて来た。群集の中に姉を見つけた。初音は西郷像に背を向けて台座に凭れかかっていた。薄い緑色の着物を着ていた。

妹は見つけるなり駆け寄って飛びついた。姉は不意に飛びつかれて驚くも、すぐに妹の頭を撫でた。飾らない笑顔を浮かべていた。妹と引き合わせてくれた板木に心の中で感謝しながら問いかけた。

「やよちゃん、元気してた?」

妹は腕の中から姉を見上げると明るく答えた。

「元気だよ。お姉ちゃんは? 病気してない?」

「うん、大丈夫だよ」

姉はゆっくりと言葉を紡ぎ出した。妹を心配させたくなかった。板木は久しぶりの再会に喜ぶ姉妹が遠のいて行くのを見届けると、踵を返して帰路についた。

そうして姉妹は上野公園を散策しながら近況を語った。妹は深川に身を寄せていることと、不慣れな接客で子供たちに駄菓子を売っていることを話した。

「年下の門下生から好かれたもんね」

姉はそう言って、妹から目線を逸らして黙ってしまった。深川から目と鼻の先にある遊郭に居ることを晒したくなかった。しかし沈黙したまま歩くのは気まずかった。

通りすがりの女学生の噂話を切り口にした。五月に関西から初めて帝都へやってくる少女歌劇団の話題から、定石の一つとして振付師の客から教わったサロメの一場面を披露しようかと提案した。だが、浅草オペラでさえ観たことがない妹に演劇の話はなびかなかった。

姉妹は西郷像から反時計回りで園内を回り、不忍池《しのばずのいけ》の畔《ほとり》を歩いていた。畔の桜並木はまもなく満開を迎えようとしていた。

湖畔を連れ立って歩く人々は皆楽しげであった。年頃の男女が屋台に陳列された品物を珍しそうに見ながら買い求めた。通り過ぎざまに林檎飴を見ていた姉が、漸く自分から話題を切り出した。

「私ね、実は、好きな人ができたの」

「ほんと！」

妹は自分のことのように顔を輝かせて喜んだ。

「ねぇ、どんな人なの？」

「軍人さんよ。……工場の人から見合いを勧められたの。そして優しくて、気配りができて……」

「格好いい人？」

黙って頷いた。

「名前は何ていうの？　ほら、お義兄さんになる方かもしれないじゃない？」

「太一さんよ。苗字は、その……」

俯いて黙った姉を見て妹は微笑んだ。姉が尋常小学校の同級生に淡い思いを抱いていた時を思い返していた。

「兎に角、元気そうでよかった。もし体調が大丈夫じゃなくても、私は昔のまま、お姉ちゃんの支えになるから」

妹は振り返って微笑んだ。何にも縛られていない笑顔が姉には眩しかった。

「あとお姉ちゃん。私もずっと伝えなきゃって思ってて、言えなかったことがあるの」

俯いた弥生は間を置いてぽつりと言った。

「お母さん、亡くなったの。誰かに池に落とされて」

「嘘、でしょう?」

初音は桜の幹の隣で立ちすくんだ。

「警察の人が言っていたもの、本当よ。だから、お母さんが渡した漆黒色の着物を持っている人を、お姉ちゃんを捜してほしくて相談室に依頼したの」

「それはいつ?」

十一月一日と聞いて、顔を強張らせた。沙羅楼から、自分を物のように扱うお客さんと楼主から、初めて逃げ出そうとした日の一週間後だった。

「お母さん、ずっと心配していたわ」

妹が振り返ると、姉は固まっていた。元々、帝都へ出稼ぎに行くようになったのは家族のためであった。遊郭で働かされてもその行動原理は変わらなかった。太一と出会うまでは。

「だから、お姉ちゃんも怖い目に遭っていないか心配なの」

姉は何も言い返せなかった。

「実はね、ライちゃんから全部聞いてるの。仕事の、沙羅楼のことも」

姉は大きく息を吸って絶句した。

「だから、私が成り代わって助けたいの！　お姉ちゃんに成り代わって、化粧をして、私があせびを演じるの」

姉は声を震わせ、切実な表情で妹の両肩を摑んだ。

「やめて！　直ぐに偽者《にせもの》だって明らかになるわ」

「それも想定の内なの。もし偽者だって知られるのが遅くなった時に、お客さんに失礼なことをしたら黒月の人に斬られてしまうから、教えてほしいの。明後日が作戦決行日だから、その日までに全部」

姉は、自分自身を落ち着かせるようにため息をついて言った。

「お母さんを池に落とした人は沙羅とつながりがある黒月の人かもしれないって、分かっているの？」

弥生は一瞬の動揺を見せた。だが、抱いた覚悟は揺れ動かなかった。

「関係ないよ。いじめられっ子だった私を、ずっと男の子たちから守ってくれたから、今度はお姉ちゃんの力になりたいの」

「……分かったわ。これで一蓮托生ね」

ため息をつく初音の目元に雫が光っていた。怒りは感じなかった。守っていた妹が隣で自分のために動いてくれることがとても嬉しかった。

道場の縁側で父親が何気なしに言ったことが初音の生き方の指針になっていた。先に生まれた者は後から生まれた人を守っていかなければならない。だから両親は私を守ってくれる。姉妹は双子ではなく年子であった。だから姉の私が守らなければならないと思っていた。さらに妹がか弱く、十代になるまで病気がちだったことがその考え方の固執に拍車をかけたのだった。

十二、

室長室で萊閃が依頼の報告をしていると、玄関の方から男の人の声が聞こえた。萊閃が出迎えに玄関へ向かい、来客の声を聞いた小春が急いでお茶の用意に向かった。微かに開いた玄関への扉の隙間から、聞こえてきた依頼人の名前を聞いて、成瀬も急いで玄関へ向かった。黒月の男だった。二人は緊張したまま応接室へ案内した。依頼人は中年の男性で、東北地方の出身だった。帝都に出てから三十年間、ずっと気に掛けていたことがあるという。

依頼内容を聞いて成瀬と萊閃、お茶を差し出した小春の眉が動いた。緊張の糸がほぐれ、別件の解決の糸口がもう一本増えた。

「心を救うって、どうすれば良いんですか？」

「ある人と引き合わせてほしいのです。その人は未亡人になったと風の便りで聞きました。うまくいけばきっと、早峰さんの心を長い苦しみから救うことができます」

「報酬はどうしますか？」成瀬が聞いた。

「金銭なら良い値で幾らでも出せます。物品も相談室が望む物があれば探してでも差し出しましょう」

　成瀬は少し迷って言った。

「今は、物やお金より欲しいものがあります。今回は代わりに、黒月の内部調査とその依頼の手伝いをお願いしたいのですが、構いませんか」

　柳谷副代表は快く了承し、協力者の一人となった。もはや別件の依頼は博打ではなくなった。

　室長室で萊閃と室長が方法を考え直していると、柳谷を見送った小春が戻ってきた。小春に聞かれて室長が月宮の案を伝えると、彼女は悲しそうに言った。

「四月一日は嘘を吐いても良い風習があるかもしれないけど、相談室って心を助けるんじゃないのですか？　そんな、騙すようなことをして、相手を傷つけて良いのですか？　たとえ黒月の人たちが犯罪をしていたからって、エイプリルフールを使って私たちが騙して良いなんてことはないと思います。欺かず、真摯に対応すべきだと思います」

小春は緑茶を室長の前へ動かして言った。

「体験に行った時に先生から教わったんですが、茶道では、お茶を楽しくいただくために『和、敬、清、寂』というお茶の心を大切にしてるそうです。茶室でみんなが和やかに楽しい時間を過ごすために、お互いに敬う心、心身共に美しく清らかな心、どんな時にも動じない心を大切にしています。それを茶室だけではなく、日常生活にも活かそうとしています。成瀬さん、人を欺く心は美しく清らかだと思いますか？」

成瀬は舌を巻いていた。おっちょこちょいだがとても心優しく、間違ったことは間違っていると言える人だ。実に相談士に向いている人柄なのではないだろうかと思っていた。

「美しく、ないな」

成瀬は初音が逃げてきた夜の出来事を思い返しながらふと、小春の考えを聞いていなかったことを思い出した。

「相談室は優しく温かな心で悩みごとを聞いて、その人の立場に立って責任を持って助言をして、変わるきっかけを作るところ。なら、小春ちゃんならどうする？」

「私は騙そうとはせず、真摯に応対すべきだと思います。お金がないのにあるような素振りを見せて欺く必要なんてない。何かの罪が黒月の人たちにあるならば、逮捕すべきだと思います」

小春の考えを聞いた莢閃が思い出したように言った。

「そういえば成瀬さん、自分が現金報酬の依頼で受け取ったお金ってどうなっていますか？」

「いざという時のために取ってあるけど……」

成瀬はポンと手を打って、興奮気味に言った。

「そうだ、それを使えば良いんだ！」

十三、

四月初めての月曜となった。午後三時頃に相談室の姉の前で弥生はあせびに成り代わった。別人と分からない様に髪の毛を編んだが、姉にはない首筋の黒子《ほくろ》が白塗りでもうっすらと浮かんでいた。弥生が仕事内容の確認を済ませると、姉は心配そうに、申し訳なさそうに妹を見つめていた。

引き渡し役になったのは森川だった。洲崎まで三度笠で顔を隠して送り届けた。

沙羅楼は切り妻屋根に鉄板葺きの木造二階建ての家屋だった。唐破風の玄関の前に立ったあせびは、両手を背に回した状態で縛られていた。

「成瀬相談室の森川です。依頼の報告にやってまいりました」

森川は緊張を隠せないまま、声を震わせていた。

玄関には麦のような色合いの着物を着た還暦を迎えていそうな女性が居た。中へ入るように促した。あせびは不服そうな顔で縄を解こうと動かしていた。

受付の女性は少々お待ちをと一礼して、奥のY字階段を上っていった。しばらくすると、奥から鋭い眼光の楼主がやってきた。大きく口を開けたその頭の上はボサボサになっている。

「見ない顔だが、君は新入りか?」

「はい、いまだ修行中の身でして、室長からの信頼を得て、初めて大役を命ぜられたのです。あせびは逃げ出すかもしれないので、縛っていたのです」

森川は詰まりながら答えた。報酬金の五十円を受け取ると、恐縮しながら言った。

「それで、今夜、あせびさんで予約をお願いしたいのです」

楼主の眉が動いた。

「手ぇ付けてないのか？」

「いえ、その、場の雰囲気というものがありますからね。自宅だとどうも盛り上がりに欠けて……」

楼主は唸って頷いた。

「……まぁ良いだろう。何時ごろか？」

「八時から一時間でお願いしたいのですが、お幾らですか？」

楼主は怪訝な顔をしながらも頷いた。

「あせびだからな、二十円出してもらおう」

高めの値段を吹っ掛けたが、森川は涼しい顔をしていた。

「分かりました。持ってまいりましょう」

「それと無論、今の金額は芸子代だ。料理代、場所代諸々で十円出せるなら左様に致そう」

「分かりました。ご用意しましょう」

森川は腰に両手をまわして指を折った。

「それと追加料金を払うので、八時までの間、他のお客様の相手をしないようにお願いできませんか？」

楼主は唸った。

「先ほど言った二十円は一時間の料金だ。今からだと六時間分だが……」

「分かりました。後日必ず、ご用意してまいります」

森川は指で金額を数えると即答した。二百円までなら相談室が出すと室長から言われていた。

楼主は一瞬森川がどういう身分の男なのか考えようとした。だが、すぐに眠気に襲われて、どうでも良くなった。徹夜明けであった。楼主はのっそりと踵を返し、大欠伸をしながら奥へ戻って行った。

森川は楼主に背を向けると、縄を受付の番頭に渡した。すれ違い様に弥生の肩に手を置いて「それまで待ってて」と囁いた。あせび役の弥生は頷くと、しっかりした足取りで、老婆の後に付いてY字階段を上っていった。

同日夜七時頃、洲崎の沙羅楼では姉に扮した弥生が座っていた。腰までの癖のない黒髪を結わえ、慣れぬ衣に袖を通して澄ましていた。接客をして肌を晒してしまうことも覚悟していたが、森川が機転を利かせてくれたおかげで随分と気が楽になった。店頭に座っていた番頭さんに事情を話すと協力を申し出てくれた。あせびは日中の舞いの練習中に怪我をして芸が出来ず、お酌のみという話になった。

弥生の目の前には鳥籠があり、雀が三羽暮らしていた。格子の部屋の隅に朱色の燭台と蠟燭があり、淡い焔が弥生の影を揺らしていた。床の間もあり、隣には桃色に白雪を散らした帯のような襖が二枚あった。鳥籠の背後の焔を見ながら、弥生は雀たちに語りかけた。

「ただいま、帰りましたよ」

雀たちは目線を合わせた時から弥生を警戒していた。言葉を発せなくとも心を理解しているようだった。弥生が籠の下に置かれていた穀物を入れようとすると、籠の中を暴れまわった。雀が一羽、籠から飛び出して、弥生は思わずあっと声を上げた。すぐさま籠を閉めた。鳥籠を出た雀は部屋を飛び回り、障子の隙間から外へ逃げ出した。幾重にも重なった衣を引き摺りながら、階段の方へ歩いた。

「番頭さん、雀が……」

店の出入り口で客を待っている女性が振り返った。逃げたのかい、と問いかけられて、弥生は肯定した。

年老いた女性の番頭はゆっくりと階段を上りながら言った。

「夜目だからそう遠くへは行かんだろうな」

「何となく、戻ってこないような気がします」

「前も逃げ出したことがあったから、その時と同じように戻ってくるだろうね」

弥生はじっと鳥籠を見つめていた。階段を上り終わった番頭はそのまま鳥籠へ歩み寄り、二羽を観察していた。

「残ったのはつがいのようだね」

「この雀たちははっちゃんが、お姉ちゃんが集めたのですか？」

番頭は肯定して言った。

鳥籠は元々そこに置いてあった。明治の半ばにとある遊女がお客から鳥と一緒に贈られたものだという。籠の中の鳥は何度も入れ替わった、その遊女は贈った客に惚れ込んで、決死の思いで駆け落ちし、籠の中の鳥も居なくなったのだという。

初音は、寂しさを紛らわせるために、雀を飼い始めた。眠る前、朝に窓辺へやってきた雀を捕まえていた。雀には彼女自身を含む知り合いの名前を付けた。餌を与える時によく逃げ出したが、初音は気に留めなかった。籠にも久賀と名前を付けた。

初音は太一と名付けた雄の雀を手の上で愛おしそうに撫でていたらしい。毛並がよく、落ち着いた性格の雀だと老婆は言った。籠の中には二羽、雌の雀が居た。

姉があせびを演じた部屋は静かであった。掛け布団の白い額縁の中には、紅色に雲のような白さで紅葉林が描かれていた。障子を開けて、格子の窓から外を見た。外は黒い海と埋め立て地が見えた。眼下は深く、夜よりも黒い水が波打った。まだ冷たい夜の風が入ってきて、隙間を閉めた。

それからしばらく廊下の襖に正座をくずして凭れていると、幾度か板が軋む音が聞こえた。あせびの部屋の前まで足音はやって来ずに胸をなでおろしていた。だが暫くすると、しんと音のないあせびの部屋まで様々な声が届いた。弥生は胸元に手を当てて動悸を抑えようとしながら、自由になった雀の後を追いたくなった。

ゆっくりと、廊下が軋んだ。足音は、弥生の背後で止まり、番頭の声が聞こえた。

「お酌だけでも構わない、要件があるだけだからな」

番頭の声に答えたのは低い声だった。弥生は息をのんで立ち上がり、その場で右往左往した。床の間の横の押し入れが視界に入ると、桃色の襖を動かして収納に身を隠した。

「なら、待たせてほしい」

襖が勢いよく滑り、トンと音を立てた。弥生は収納の暗闇に身を任せたまま耳を聳てた。

「お時間に間に合わなくともお代は頂戴いたしますよ」

「構わん。端た金でもあせびの役に立てば幸いだ」

そうして今度は、ゆっくりと襖が滑る音だけがして、何も聞こえなくなった。無音が続き、弥生は様子が気になって少し襖を開けた。燭台と蠟燭が見えた。

「やっぱり、隠れているじゃないか」

不敵な笑みが突然、視界に入った。吃驚して飛び上がり、背後の木の板に頭を打ち付けた。弥生は頭を押さえながら、肘と着物で顔を隠していた。青年が心配そうに手を差し伸べた。弥生改めあせびは動揺を隠して頷きつつ、手を取って降りた。

「お、お、お料理をお持ちします！」

そう言うやいなや直ぐに逃げるように、部屋から出て行った。

姉の付け焼刃は直ぐに剝がれた。菓子屋にやってくる子供たちの前でさえ言い淀んだり、金銭授受を間違えてしまう弥生であった。鋭くも優し気な瞳と穏やかな顔を前にして、徳利を持つ手も震えてしまった。

「はっちゃんなら上手くやるのに……」

「面白いことを言うね、君は」

あせびは照れ臭そうに笑った。

「私には、年子の姉が居ます。それで、その、三月の十六日生まれなので弥生って言います」

姉の役を演じているはずなのに、思いがけず弥生自身のことを伝えて慌てふためいた。

姉のことを伝えるべきだった。初音の誕生日は六月五日であった。

「なるほど、そうか」

青年はそう言って口元を緩めた。目の前の飾らない可憐さをじっと見つめていた。

訂正しようとした弥生は不意に抱きしめられた。他人の腕の中へ入ったのは姉に慰められた時だけだった。思いっきり突き飛ばそうと動いた手が止まった。姉のためには突き放すべきだろうと思った。だが、今はあせびの役だ、姉の代わりだ。姉の恋心のためにここはじっとしていようと思い直した。

「君を知りたい」

青年に囁かれて、考えていた数多のことは霧散した。自分の胸の鼓動と耳の鼓動を感じながら、軍人の胸元へ手を添えた。布がずれ、彼の肌に青色が見えた。

「お怪我を……」

「大した怪我じゃないさ。近所に居る知り合いに軍の防寒具を上げたからな。紛失したって報告して、数発上官から殴られたけど、まぁ良いってことさ」

「そう、ですか……」

弥生は何とか言葉を紡ぎ出した。

「俺はシベリアへ行くことになった。でも、必ず生きて帰ってくる。そして、必ずあなたに会いに来るよ」

「この部屋で、あせびがお待ちしています」

あせびは無意識に顔を寄せていた。姉の顔が網膜をよぎった。罪悪感と欲求に挟まれてその場で留まっていると、青年が顔をさらに寄せて鼻を重ね合わせた。

あせびは、太一と名乗った青年が去るまで俯いたままであった。蠟燭が妖しく燃える部屋、布団の中で、弥生は涙を流していた。二度と会えない離別の涙、姉への秘密を抱えてしまった後悔の涙。その一滴一滴は止まることを知らなかった。

それから半刻後、警察官に変装した成瀬と布施が一緒に入ってきた。警察手帳を見せて、捜索願が出ていると言って奥の部屋へ入り込んだ。弥生は姉の着物を着て顔を伏していた。肩が大きく動いていた。布施が深川へ送り届けるまで俯いたまま一言も話さなかった。

十四、

洲崎の夜の一室は殺気で充満していた。宴の時刻はとっくに過ぎていた。外国言葉の怒声と罵声が部屋の外まで聞こえていた。曰くつきの日本刀を畳に突き刺す辻副代表、海軍から奪ったサーベル。銃に弾を込める男たち。

「とうとう今日が来ましたな」

「黒月の恐ろしさってのを、世間の奴らにしっかりと、分からせてやりましょうや！」

ドスの利いた掛け声が響き渡った。沙羅楼の楼主が日本刀を手に先陣を切って遊郭の妖しい光の中へ打って出た。京橋までは歩いて一時間ほどかかったので、黒塗りの外国車三台を水路の外の通りに駐めていた。

辺りは妙に静かであった。客はほとんど出歩いていなかった。十三人の集団が橋を渡り歩いた。

「辻さん、なんだか静かすぎやしませんかね」

「確かに妙だ。だが、気にすることじゃない。京橋には何の関係もないだろう」

日本刀を持った男が悠然と答えた。そうですよね、と相槌を返した。

洲崎遊郭の入口の門では、顎を引いた男が仁王立ちをしていた。黒い外套、学生帽、足元で澄まして座っている白い猫。こちらへ伸びる黒い影。

辻副代表はざっと仁王立ちの男を見て、不敵な笑みを浮かべた。

「ちょうどいい。一人目はここでやろう」

楼主が日本刀を抜き、鞘《さや》を投げると、刀を横に薙《な》いで威圧した。

同時だった。劈《つんざ》くような笛の音が辺り一帯に響き渡った。俯いていた男は顔を上げて、警笛が首からぶら下がった。月光を背後に、布施警部が会心の笑みを浮かべていた。

「一週間ぶりですねぇ、黒月三人の副代表の一人、辻翔一さん」

帝都に於ける黒月の副代表は鬼の形相で周囲を見回した。民家から、柱の間から羽織を着た袴姿の男たちがゆらりと現れて構成員を取り囲んでいた。その数では黒月の劣勢であった。

「何の用だ」辻が聞いた。

「礼状が出ています。三人居る副代表の辻、沙羅楼主辰木をはじめ十三名に殺人、婦女暴行、横領などの罪でね」

人力車夫の男があっと声を上げた。彼は伝令役も務めていて、どこかで布施警部を見た覚えがあった。

「それと副代表の柳谷さんから通報を受けたんですよ。黒月が大きな組織になりすぎて、統率が取れなくなっていると。そして月曜日のこの時間に隠れて猟奇殺人を行っているとか、資金を横領しているとか、選挙に落選したのに応援してくれた選挙人に対して感謝の一言もないとか」

「だったらどうした。自分のことだけを考えて動くのが俺たち黒月だ」沙羅楼の楼主が開き直った。

「それで良いのですか？　あなたたちが法に背き続ける限り、じきに全員捕まりますから」

「黒月を、舐めるな！」

「舐めるとか舐めないとか、そういう話じゃない」

門燈の後ろから声が聞こえて、成瀬が辻たちの前に現れた。

「生き方の問題だ！　人を怖がらせたり、脅したり、体だけでなく心も傷つけない生き方にすればいい。真面目に堅気な仕事に励めばいい。自分が存在する今と周りの人々を大切にして生きればいい。たとえ挑発されたからって、優しい人格と穏やかな心を持っていれば争いにはならないだろう。そういう考えの人もいると受け止めればいいんだ！」

辻は舌打ちして、吐き捨てるように言った。

「うるせぇ。自分と、自分たちのことだけ考えて生きてれば良いんだよ。それが、世界平和にも繋がるんだ」

「その考えは人と人の関係性を無視しているから、絶対繋がらないな」

成瀬がはっきりと言い、辻が吠えた。

「何だと、間違ってるって言いてぇのか！」

相談室は、発言に責任を持って助言をすることで、気付かせる役割もある。

「例えば、あんたらが乗った朝か帰りの電車が満員電車になったとする。すし詰め状態で汗は臭うし靴は踏まれるし、押しつぶされそうになってストレスが溜まってしょうがない。電車の中の全員が『自分の幸せだけを考えていたら』どうなる？」

辻は、周りをよく見ろ、と言いかけた言葉を飲み込んだ。もしそう言ったら相手も突っかかってきて喧嘩になってしまう。

「……我慢するだろうな」

「我慢するってことは、相手のことを考えていませんか？　自分の幸せ『だけ』を考えていれば良いんでしたよね？」

「……そうだ」

「相手の痛みを考えないあなたの考えなら、脅すか暴力的な手を使ってでも周りの人間を強引に電車の外へ追い出そうとするだろう。周りにいる人全員が同じ考えだからな、全員が『周りをよく見ろ』と言うと思っている。耐えかねた誰かが近くの人にそう言って、言われた人も『お前が気をつけろ』と言って、口げんかになって、暴力沙汰にしようとする。暴力沙汰になると、他の人はさらに押されるので、抑え込まれた個人の不満が連鎖して車内全体に広がっていく。自分のことだけで、相手や周りの人のことなんて考えませんからね。この状況を打開するには少なくとも一人が降りなければ、多くの人が幸せになりませんよね」

成瀬が反応を見て言った。辻は何も言えない。

「みんな楽をしようと思って電車に乗ったのに、降ろされた人は幸せですか？」

「それはルールやマナーで縛れば良い」

「ルールやマナーは縛るためのものじゃない」

黒月の様子を最前列で見ていた教養のある男が言った。

「生きてゆく人間一人一人の幸せを願って、最低これだけは守ろうというみんなの幸せのためのものなんだ。堅苦しく押さえつけるものではなくて、みんなが楽しく過ごすためのものなんだ」

成瀬が頷いて言った。

「自分や自分たち第一じゃなくて、利己のためじゃなくて、困難に陥っている他の存在の境遇に共感して、心に寄り添って、その存在のためだけに今できる最善を尽くすべきだ。もし組織同士が対立していたら、自分よりも少しだけ他人を思いやりながら互いの意見に耳を傾けて、互いに利己を考えず、互いに見返りも求めずに、全ての人が心の底から幸せだと感じる折衷案を見いだすべきだと、俺は思う」

辻は肩を震わせながら言った。

「俺は、俺は間違っていた。他人のことも考えないといけないな」

だが、楼主は鼻で笑っていた。

「まぁ、沙羅《ウチ》には関係のない事だ。どっちにしろこれまで通り表沙汰にさせなければ何も問題ないな」

「それは果たして上手く行きますかな。黒月の中にも我々の潜伏者が居るからな」

布施警部の言葉を聞くなり楼主が吠え叫んだ。

「ありえない！　潜伏者が現れないような仕組みがあるんだぞ」

「今宵の月は、いつも赤色なんだよな？」

成瀬の一言で構成員の表情が明らかに変わった。動揺が波紋の如く広がり、ざわめき立ち狼狽《うろた》えていた。柳谷は合い言葉を教えなかったため、その功績は布施警部が数年に及ぶ捜査を経て潜入し、漸く出会った合言葉だった。議員の邸宅で警備員として身分を隠して働き、裏付けも取れていた。その彼が言った。

「それに、あなた方を囲んでいるほぼ全員、露西亜《ロシア》との戦争を生き延びた予備役で編成された警察隊と、我ら反社会勢力対策課を中心とした私服警官の、どちらかですから」

成瀬は毅然とした態度で言った。

「今日は四月一日。年度の始まりの日だ。だから間違いに気付けたなら、今日から心を改めて、自分だけじゃなくて他人も思いやる生き方に変えて、死ぬまで二度と罪を重ねないようにするんだな」

布施たち警察官が黒月の面々に歩み寄り、手錠が掛けられた。戦意喪失した黒月の辻一派の幹部は、そうしてその場で逮捕された。内部情報により、沙羅楼と幾つかの楼主、そして辻を慕う男たちが強引な方法をとっていたことが判明していた。彼らは善良な人たちを「世界平和」という言葉で結社に加入させては奴隷のように扱っていた。

成瀬は警官から制服を借りると、布施警部と共に沙羅楼を目指した。


同日、四月一日、夜の京橋。懐の黒い塊に触れたまま相談室の扉を開けた黒月の早峰代表は、ホールの赤い絨毯の中央に居た人に面食らった。

目の前では見たことのある少女が、赤に白と水色の鱗のような模様が入った着物を着て、正座して出迎えた。早峰と視線が合うと手をついて一礼した。

「お待ちしておりました、先生」

武器を向けようとした部下の一人を早峰が制した。先生、と聞いたその部下は虚を突かれたような顔をした。

「どうして、ここに居るんだ？」

「お兄様が四月から陸軍所属になったので、相談室で家政婦見習いとして住み込みで働き始めたんです」

早峰は小春の人柄をよく知っていた。点前《てまえ》の作法も忘れて、仕事で覚えたお茶の知識だけしか覚えていなかった早峰を、小春は茶葉の先生、茶葉の先生と慕ってくれた。他の近所の住人は誰も関わろうとしなかったのに、世間のイメージも気にせずに普通の人として接してくれた。そんな良い子だと知っていて銃口など向けられるはずがなかった。

「会った時からずっと、優しい人なのに、どこか悲しい目をしている人だと思っていました。前の勤め先のカフェーで役に立つお茶の知識をたくさん教えてくれたから、その恩返しがしたいってずっと思っていました」

小春は中年女性からの依頼ということを伏せた。似た思いをずっと抱いていた副代表の柳谷は、早峰の後ろで小春が危険な目に遭わないように様子を見ていた。

柳谷は帝都に来る前からずっと隣で早峰を見ていた。同郷出身で遠巻きに高嶺の花を見ていた一人として、二人には幸せになってもらいたいと思っていた。親が決めた結婚で引き裂かれた二人を見て、世の中への憤りを感じた。帝都で出会った人と結婚したと言いづらそうに告白した自分を早峰は祝福してくれた。人の幸せを心から祝福できる人がずっと不幸なままで良いとは思えなかった。

「恩返しか。それは今日じゃなくても良い。今日、ここへは成瀬さんに用事があって来たんだ」早峰が靴を脱ぎながら穏やかに言った。

「あせびさんの件は成瀬さんから聞いています」

「じゃあ、通してくれないかな」

早峰が立ち上がると同時に、小春も立ち上がって後を追った。

「茶葉の先生が捜している人は上にいます。二階へ上がる前に、取り返しがつかない事態にならないように懐の物をあの人に預けてください」

小春は階段の前で、風呂敷を持った腕を組んで、壁に凭れて佇んでいる莱閃を指差しながら言った。玄関に居る柳谷が小さな声でもう一人の副代表に事情を伝えていた。

不意に早峰が懐から短刀を抜き去って素早く突きつけた。小春が腰を抜かし、莱閃が慌てて駆け寄った。早峰は冗談さ、と笑いながら短刀を自分の腕に刺した。短刀はキューと音を立てて腕へ吸い込まれていった。早峰は啞然とする莱閃にバネ仕掛けの模造刀を預けた。副代表の二人は終始冷静だった。

「笑えない冗談はやめてくださいって言ってるのに、もう」

小春はため息をつきながら立ち上がると、早峰を待ち人の元へ案内し始めた。

「恩返しって何をするのかな？」

二階へ上った早峰がそう聞くと、先導する小春が振り返って答えた。柳谷副代表たちと萊閃も、会話が聞こえる程度に距離を保ちながら後に続いて階段を上って行く。

「大事なプレゼントを上げたいと思っています。太陽や水のように人間にとっては大切なもの。茶葉の先生にとってはずっと探し求めていたものだと思います」

早峰は首をかしげた。一番上に居るのはあせびではなく、別の人なのだろうか。

「今日がエイプリルフールだからって揶揄《からか》っているのかい？」

三階に上った小春が立ち止まって素早く首を振った。

「嘘をついて良いのは午前中だけですよ、先生」

そして微笑みながら、茶葉の先生を四階へ促した。


早峰が最上階へ上ると、着物を着た女性が階段に背を向けて立っていた。高嶺の花が銀座の夜景を眼下に寂しそうに佇んでいた。背丈からあせびではないと分かった。

「あなたは、誰だ」

「私を忘れてしまったの、陽くん」

声を聞いて、彼女が振り向いて、早峰の表情が氷りついた。

「こうやって話すのは二十五年ぶりだし、見た目だって変わっているもの。仕方がないわ」と言って女性は微笑んだ。

「芹菜よ。遠野であなたが奉公に出ていたお茶問屋で知り合って、七夕の夜に二人でこっそり出かけて怒られた人よ」

七夕の思い出が、自分の気持ちを伝えた時の、幸せだった十代の記憶が呼び覚まされて早峰の古傷を撫でた。結ばれることを望んでいながら、叶わなかった人との思い出が、これまでの生涯で一人だけ心から愛してしまった人の思い出がふつふつと、湧き水のように頭の中のイメージに広がった。清水が傷口にしみこむように、早峰の胸が痛んだ。

切なさと苦しさに耐えきれなくなって、早峰は小春が居る三階へ思わず怒鳴った。

「プレゼントってどういうことだよ、話が違ぇじゃねぇか！」

小春は怒鳴られて思わず肩をビクつかせた。萊閃に頑張れ、と応援されて、小春は前を向いて言った。

「ずっと捜していたと、柳谷さんから聞きました。柳谷さんからの依頼で、早峰さんの心に空いた穴を埋めてほしいと頼まれました」

「あいつめ……」

早峰はいらだっていた。心の奥底で探し求めていたのは事実だったが、その姿を意識しないようにしていた。目の前の人はもう、違う人と結婚してしまったのだ。

「私もあなたを捜していたの。昔のように、また仲良くなりたいの」

「俺らはもう五十近いっていうのに、何を言っているんだ。それに、それにお前は最後に会った時、二十五年前に言っただろう」

早峰は胸元へ手を伸ばした。

「結婚したと言っただろう。将来を誓った俺を、捨てて！」

「それは本当に、本当にごめんなさい！」

芹菜は悲痛な声を上げながら頭を下げた。

「あの時、私は先生から頼まれて帝都へ出稽古に行ったの。ずっとお世話になっていた先生から私を見込んで頼まれたから断れなかった。お父さんがなぜ帝都へ出稽古に付いてくるのか不思議に思ったけど、一人だと危ないって言われて納得してしまったの。指導しに行ったお宅は四畳半の茶室にお客としてお父さんと生徒のお母さんが座って、対面して指導する私と生徒の様子を見ていたの」

すがるように、芹菜は言った。

「そうしたらその時の出稽古がお見合いの代わりで、普段の稽古ではあり得ないことだったから気付けなかったの！」

縁組みが決まっていた人と茶室で初対面した前例は幕末にあった。日米修好通商条約を結んだ時の大老、井伊直弼《いいなおすけ》は茶人であった。その娘の千代子も父から茶の湯を学んでいた。直弼と親しい友人の間で千代子の縁組みの話が進み、千代子は亭主として茶室で初対面の縁組み相手に茶を点てたという。

直弼にとって茶会は、一期一会の二度と起こらない大切な時間だった。細部まで徹底して用意して挑む一度きりの真剣勝負の場だった。それ故に自分の娘と縁組み相手を茶室で対面させることは自然な発想だったのだろう。

芹菜の父は、知り合った当時から早峰のことを快く思っていなかった。冗談を真に受ける性分だったので、早峰が笑えない冗談を言う度に嫌いになっていった。早峰も芹菜に近づくために茶道を習っていたが、不純な動機で茶道を習い始めた男と愛娘が結婚するより、真剣に茶道の稽古に励んでいる人の家に嫁いだ方が娘は幸せになるだろうと考えていた。

相談に乗った親戚は芹菜の父の思いを汲み取り、千代子の前例を参考にして茶室での見合いを提案し、帝都への出稽古が決まったのだった。

芹菜は出稽古の日まで、ずっと見合いを断り続けていた。出稽古から数日後、父親から結婚の話を聞いて驚いた。断ろうとしたが、生徒の母に気に入られていた。稽古が終わった後に『良い人だったか？』とだけ父親から聞かれて、お見合いの話だとは気付いていなかった芹菜は頷いてしまった。そして父親は娘に内緒で出稽古の後に結婚を承諾してしまった。芹菜が気付いた時には、彼女の気持ちなど関係なしに外堀を埋められていた。

「でも本当は、本当はあなたと結ばれたかった！」

「どうして君は、今更そんなに酷いことを言うんだ。俺は君に捨てられたと思って、自分のことだけを考えて生きることが大事だと悟ったんだ」

「お茶の心も、忘れてしまったのね」お芹が言った。

「忘れてしまったさ」と早峰が悲しそうに言った。

「でも私ももう、独り身よ。夫が去年、流行病で亡くなったの。だからあなたを捜していたの」

早峰の凍り付いていた表情が変わった。お芹が続けて言った。

「広いお屋敷で一人で過ごすのが心細かったの。一人でお茶を教えていくことが辛かったの。だから、あなたに支えてほしいって思っていたの。あの時、仲良くなった時に七夕で『あなたの側でずっと生きていきたい』って言ってくれたことがずっと、ずっと忘れられなかったの」

早峰はため息をついた。久しぶりについた、温かなため息だった。

「俺はもう、茶道なんて忘れてしまったぞ」

早峰の声から棘がなくなっていた。相談室と早峰の部下の計四人は無言のまま、そして煙のように足音も立てずに階段を降りてゆく。

「構わないわ。私はただ、側に居てくれるだけで良いの。私にとって今日、四月一日は始まりの日よ。そして、お茶の問屋さんで働き出したあなたと私が出会った日よ」

「そう、だったのか？」

そうよ、とお芹は微笑みながら言った。

「その日から三十年以上経っても忘れられないわ。それくらい、あなたが大切なの」

早峰の心へ言葉を通じて温かいものが伝わってくるのを感じた。茶葉の生徒が言っていたプレゼントは他人を愛する気持ちだったのかと、早峰は感じていた。小春の優しさを感じて目頭が熱くなった。瞬き一度で、涙で、目の前の景色が輝いた。

「俺はお茶が好きだったんじゃない。お茶問屋に入ってからあなたと知り合って、点前をするあなたがとても綺麗だと思ったんだ。話をしていて茶道を嗜むあなたの心もとても綺麗だと思った。伴侶としてふさわしい人だとも思っていた。だから帝都の人との結婚が辛くて、点前の記憶とお茶の心も一緒にずっと忘れようとしていたんだ」

「それなら」

お芹は口を噤んだ。鼓動が早鐘のように脈を打つ。

「それならもう一度、私とお付き合いしていただけませんか？」

「喜んで」

早峰は即答して、高嶺の花を抱きしめた。声を押し殺して男泣きをした。もう二度と離すものかと思った。失っていた時計のネジがはまり、二十五年以上止まっていた二人の時間は、年度の始まりである四月一日に再び動き始めた。

十五、

日没の時刻と共に、帝都は雨が降り出した。冷たい雨は次第に本降りとなった。ひた、ひたと、素足で深川を歩く女が居た。ひと気のない路地を歩く女は茨の花が描かれた若草色の着物を着ていた。傘に守られず、柳のように揺れるさばき髪は雨を吸ってうねっていた。

雨が降り出すまで、女は妹に呼ばれて深川公園へやってきていた。不動さんと観音様の前で妹は居心地が悪そうにしていた。演劇の魅力を理解してもらおうと語っていた姉が、一呼吸おいて聞いた。

「ねぇ、ずっと黙ってるけど何かあったの？」

「ごめんなさい！」

観音様を背に妹は沙羅楼であったことを姉に伝えた。あせびの本名として自分の名前を伝えてしまったこと。接吻をしてしまったこと、そして……。

ゆっくりと顚末を話す妹をみて、姉は頷きながら聞いていた。

「別人だって明らかになっていないでしょう」

「それが、別れ際にこう言ったんです。『あなたは、だんまりしないから楽しかった』って」

姉は妹から目を外し、不動様の方を見て鼻で笑った。

「もう良いわよ。別に怒ってないわ。私があの人と一緒に居たら抑えきれなくなって、求めてしまうでしょうね。やっと愛せた人だもの、愛する太一さんが私と同じ苦しみを味わうのは耐えられないわ。だからあなたと幸せになった方が良いわ」

姉は下唇を噛んで俯いた。

「そんな、お姉ちゃんばっかり苦しい思いをしなくても！　家族なんだから、苦しいことがあれば分かち合って助け合うべきよ」

「もう一度言うわ」

姉は肩を震わせ、声を震わせ、年子と対峙した。

「大切な人たちに同じ苦しみを味わってほしくないの。私の所為で家族を失いたくないの。だから、苦しいことは全部、私が持っていくわ」

「待って、早まらないで！　明後日、一緒に熊五郎さんの台車で村へ帰りましょう？」

弥生は姉の両肩を持って、癖っ毛の長髪の間から顔をのぞき込んだ。初音の顔には悲壮感と死相が浮かび上がっていた。相反する感情の間で心が押しつぶされたその表情からは、それら以外の何も感じ取れなかった。若草色から白無垢に着替えれば、さながら幽霊のようであった。

妹の澄んだ瞳と癖のない綺麗な髪を見て、初音は抑えていた感情が暴走するのを感じていた。

後から生まれた弟妹を守るのが先に生まれた者の使命だった。幼い頃に父から教わり、自分にそう言い聞かせて来た。姉妹は年子であるが故に、そう心に決めた初音の運命は必定であった。二人の間に開いた九ヵ月の日数が立場の逆転を許さなかった。

「久賀村には帰らない。この帝都で、私は果てるの」

「待って、一生のお願いだから二日だけ待って！」

姉は不動さんの方へ向き直り、前を見たまま問いかけた。

「弥生さん、今日は何日でしたっけ？」

「四月三日、です」

姉は雨の空を仰いだ。空は暗く、桜を散らしてしまいそうな水滴は止みそうになかった。

「明日は四月四日で死が二つも並んだ不吉な日。そして明後日は死後の日ですもの。確かに、最後の日は今日よりも明後日の方がふさわしいわ」

そう言い残して、冬のような冷たさの雨音の中へ、洲崎の方へ消えて行った。

弥生は姉を引き留めることができなかった。贖罪を突き放され、むせび泣いていた。

「姉のため」を建前にしていた自分自身に気が付けなかった自責の念に駆られていた。その所為で、あろうことか大切な家族を死の淵へ追いやってしまったことを心の底から後悔していた。

泣き声は止み、放心したまま帰宅し、ぼんやりと間借りしている部屋を見ていた。

机の上に無造作に長方形の紙が置かれていた。二枚とも同じ事務所の名刺で、一枚は弥生が京橋で貰ったものだった。帝都で久しぶりに会った同郷出身の年下の友人の言葉が思い浮かんできた。

弥生は最後の望みをかけて、店先の受話器を取り、交換手の女性に駆け込み寺へ繋ぐよう切羽詰まって言った。

十六、

雨音の中、板木は自室で布団に寝転がっていた。ヒナギクがその横で丸くなっていた。萊閃は二階で小春と月宮が東雲夫婦の娘とお手玉を使って遊んでいるのを見ていた。成瀬は依頼人が去った室長室で、報酬として受け取った地球儀の置き場を考えていた。

不意にけたたましくベルが鳴った。成瀬は綺麗な声色の交換手と話せることを期待しながら、机の上の受話器を取った。

「はいもしもし、成瀬相談室でございます」

「あ、室長さんですね。秋葉という方から電話ですので、繋ぎますね」

電話交換手の女性が淡泊かつ早口に言った。

「あの、もしもし、秋葉です、妹の弥生です」

「あぁどうもどうも。例の件はどうなりましたか?」

「それが、お姉ちゃんが……」

弥生の話を聞くうちに、にこやかな成瀬の顔は次第に険しくなった。

「お姉ちゃんは明後日、四月五日に自殺すると言っています。私では止めるどころか逆効果になってしまいました」

「そうですか……」

「だから、相談室に最後のお願いがあります。その日が末広がりな幸せの日となるように、明日の四月四日にお姉ちゃんを、秋葉初音を地獄から救ってください」

成瀬は数拍間を空けて答えた。この案件はあの人にお願いしよう。

「その依頼、成瀬相談室が引き受けた。その切なる思いを対価として頂戴する代わりに、相談室は依頼人のため、姉妹二人のために無償で全力を尽くすことを誓おう」


楼主のいなくなった沙羅楼の奥で屍《しかばね》のような表情をした女が佇んでいた。久しぶりに愛した人を家族に譲ったことに後悔はなかった。大切な人同士が結ばれるのは初音自身も嬉しかった。嬉しいはずだと思っていた。

病という茨で締め付けられた初音の心の中に、黒いものができているのを察していた。大切な人が居なくなったら心の中に穴が開くものだと思っていた。だが、今回はそうではなかった。愛情が反転してしまっていた、腫瘍のようになってしまった。悪意と憎悪ででき た腫瘍に心を蝕《むしば》まれて、制御が効かなくなるのは時間の問題だった。

沙羅楼の従業員は誰も初音に声を掛けられなかった。慌ただしく動いていて、気にしている余裕などなさそうだった。

あせびが決めた人生最後の日、白い小さな花が描かれた衣に袖を通した最後の夜。お酌をしたのは知り合いの学生であった。

「まさか、あなたが来るとは思っていませんでした」

学生が注文した「くどき上手」を徳利に注ぎながらあせびが言った。鳥籠の中に雀は一羽も居なくなっていた。

「今日は仕事半分、個人的な都合が半分ってところだ」

清酒を喉に流した学生が言った。蠟燭が一つ灯った部屋で出された魚の煮つけに箸を伸ばした。

「仕事、というのは？」

「あなたを助けに来た」

「弥生さんの依頼かしら？」

板木は首を振って言った。

「彼女だけじゃない。小春さんや月宮さんからも、萊閃からも頼まれてる。あなたは必要とされているんだ」

「陳腐な言葉ね。もう色んな人から言われて聞き飽きたわ」

「それに僕には、助けてほしいというあなたの依頼を引き受けた責任がある」

あせびは咳払いをして言った。

「私の依頼はとっくに終わっているわよ。それで、個人的な理由っていうのは？」

「あなたを助けに来た」

「さっきと同じじゃないの」

あせびは失笑してしまった。自分が編み出した接客の定石から外れたが、最後の日だから気にも留めなかった。

板木は茶化さずにゆっくりと頷いた。

「黒月辻一派から、沙羅楼から秋葉初音を頂戴しに来た。蠟燭と鳥籠の部屋を出て、一緒に暮らそう」

「口先だけの夢を見させないで。楼主の辰木さんに一万円払える余裕はあるの？」

「それは大丈夫。四月一日に彼は逮捕された。従業員と客への暴行及び恐喝と詐欺容疑でね」

「……冗談でしょう？」

あせびは疑念と驚きが入り混じった表情を向けた。板木は首を振った。

「洲崎は出入りできる場所が一つしかない。だから元軍人と警官たちが黒月を張り込んで全員で捕まえたのさ。それに黒月代表の早峰から末端の沙羅楼の運営方針に口聞きがあって、待遇の改善と出て行った遊女を連れ戻さないようにお達しが下ったんだ。だからあなたはもう、自由だ」

「自由？　この私が？」

あせびは瞳を潤ませて声を荒らげた。

「馬鹿なこと言わないで！　花柳病の女には、木目の格子の内側がお似合いなのよ」

「そうやって自分の言葉で束縛しないで。人目なんか気にせず一緒に上野へ行こう。あなたには桜がよく似合うから」

「甘言を言って、あなたまで私を悲しませないでよ。不治の病を背負った女に、その優しさは罪よ」

「俺は本気だ、絶対に医者になるって決めたんだ！　あなたのために、あなたと一生過ごしてゆくために、花柳病を撲滅して、寿命まで二人で一緒に過ごしたい。だから、だから……！」

「ごめんなさい。誰にも迷惑を掛けずに、一人でゆくと決めたから」

あせびは俯いたまま答えた。板木が歩み寄る。背後の灯があせびの着物を暖かく照らす。

「迷惑じゃないさ」

「誰にも好かれたくないの！」

あせびは泣き出しそうな声で叫んでいた。

「もう誰も愛せないから、すぐに他の人へ心が移ってしまうかもしれないわ。そうやって人を悲しませるくらいなら……」

「構わないよ」

あせびを演じていた人が、素の初音が顔を上げると、板木の瞳は、真っ直ぐにこちらを見据えていた。愚直な眼差しを見て、初音は思わず息を飲んだ。

「愛せなくても構わない。今はただ、俺だけを信じていればいい。変わりたいと強く願い、向上を心がければ人は変わる。死を望まず、生きてさえいれば、医学が進歩してきっと助かる」

すれ違うこともなかった二人の距離は、花弁二枚分にまで縮まっていた。

「俺が治したいのは花柳病だけじゃない。茨で締め付けられたような、あなたの心も、必ず癒してみせる。心が折れそうになったら、俺が支えてみせる」

板木は初音の肩をそっと抱き寄せた。彼女の目蓋から一縷の雫が流れ落ちた。

「ほんと、馬鹿みたい……」

「あぁ、馬鹿者さ。目の前のことしか考えない、大馬鹿者さ」

板木の掌には鼓動と温かさを感じていた。自分の胸には、確かに幸せを抱いていた。

「ねぇ、あなたにとって幸せって何だい？」

「私の、幸せは……」

元遊女は黙ったまま、囁いた板木の温かな背中を引き寄せた。

蠟燭の淡い光は、重なった二人の顔を朝が来るまで照らし続けた。

上野の桜は雨に打たれてもまだ散らなかった。零れ落ちる冬の涙は止まり、朝陽を浴びた満開の桜は晴れやかに、帝都の春を彩っていた。


黒い夜の闇に隠れた新月は、いつまでもそのままではなかった。

一年後、陽太とお芹は同棲の後に結婚した。四月四日の幸せの日に、互いの心に嘘偽りのない新しい生活を始めることにした。

早峰は部下たちの暴走を止めるべく責任を持って全国を回り、部下たち全員の心の傷が癒されるように粘り強く、時に柔軟に説得を続けた。独り身ではなくなったことが切っ掛けで、他の存在への愛を取り戻して、今までの自分が間違っていたと気がつけたことが方針転換と支部の解散の理由に繋がった。早峰を慕う元副代表の二人も協力して説得を続けた。

そうして黒月は大正十二年より前にこの世界からなくなり、早峰夫婦は故郷へ戻った。四十代後半で結婚したため二人の間に子供はできなかったが、二人は周囲と助け合いながら生涯、幸せに暮らした。

こうして二組の恋物語は幕引きとなったのである。

三、星屑の夢

一、

目が覚めると夕方になっていた。

日付は大正八年の七月三十一日木曜日で、莱閃は帝都京橋区の自室のベッドで横たわっていた。昨晩は奇妙な噂のバーへ一人で出かけたはずだが記憶がなく、代わりに侍と団子を持って歩く夢を憶えていた。机の上には見慣れない白い紙が置いてあった。近寄って見てみると金色で縁取りされた会員証だった。会員証は「迷い鳥の止まり木」という名前のバーの物であるようだが、広い通りから建物を眺めた後の記憶がすっぽりと抜けていた。

一階へ降りて食堂に入ると、薄手の着物を着た月宮が仕事の書類に目を通していた。淡い桃色の生地に色とりどりのガーベラが散らされていた。莱閃は挨拶をかわして言った。

「今日は帰りが早いですね」

「そうよ。ストライキの影響で、帝都十七の新聞社全てが今日から休刊になったのよ」

大正八年は所謂《いわゆる》大正デモクラシーの全盛期であった。多くの労働組合が結成され、紡績、市電、製鉄所など職種を問わず待遇改善のストライキが起こっていた。またこの年の二月には、計百十一もの団体が参加して芝公園や上野公園などで納税金額に関係なく投票できる選挙を求めるデモ行進が行われた。

月宮の隣で佇む彼女の部下が新聞社のストライキについて説明した。

新聞社では新聞の版を組む職工さんたちが会社の垣根を越えて賃上げのために団結して同盟を組んだ。そして幾度か社の上層部と協議したが折り合いがつかなかった。その結果、帝都の全ての新聞社の活版部の職工さんたち全員が仕事を放棄することとなった。

「当たり前にあった新聞がなくなって、もし、世の中で事件や不思議なことが起きても誰も知らないままですよね。一緒に出歩いてて事件に巻き込まれるのは嫌だな」

板木の言葉を聞いて、月宮の部下が頷いてぼやいた。

「台風が去った直後だからね。世界を知らせる灯だった新聞が世間から消えたら、宵闇の中に取り残されたようで怖いよな」

「仕方がないことでしょう。職工さんたちも生活があるのだから。それにこういう時こそ相談室の出番よね」

月宮は振り返って七月最後の新聞の方へ問いかけた。

「その通りだ。復刊するまで、世間のために一層歩き回って困りごとがないか聞き込むぞ」

室長はそう言うなり新聞で顔を隠した。

「ご飯ができましたよ」

東雲夫人の子供がドアを開けると、小春が東雲夫人と食堂へ入ってきた。小春は一昨日、月宮と二階にいる初音に悩みを相談して提案を受けた。近くの理髪店で店員のセンスに任せて髪を切ってもらった。三つ編みがなくなった小春は耳隠しをとても気に入ったが、意中の人がどう思っているかまだ分からなかった。

「今朝は花子が手伝ってくれたんですよ」

東雲夫婦の娘が手を振って興味を引き付けると、夫人と小春を手伝って料理を並べて行った。

板木が小春からお盆を受け取って、食堂の外へ出て行った。萊閃の右隣に東雲の旦那が座って、話しかけて来た。

「おや、この会員証を持ってるってことは、新宿へ行かれたのですな」

「東雲さんは知ってるんですか？」

「えぇ。私も『迷い鳥の止まり木』というバーへ行ったことがありましてな、私のは台紙が青色でしたな」

二人の会話に室長が横やりを入れた。止まり木の会員証にはグレードという等級があった。未成年は白固定で、成年すると青色に変わった。そして黄、緑、茶、黒の順番に変わって行き、通って会員証を門番兼受付のボオイに決まった回数分渡すと等級が上がった。等級が高くなるほど色が変わりにくくなった。

「『迷い鳥の止まり木』は初めは必ず一人で行かなければならないって言われてましてな。木造の中でただ一軒だけ白く、コンクリートとやらで出来た建物で、目立つんですが、扉が表通りにはない不思議なバーでしてな。扉までの行き方も口外すべきでないというのです」

東雲の旦那が言った。萊閃はじっと考えて言った。

「実は昨日の記憶がないんです。ましてや自分はお酒嫌いなのに」

「気になるなら、噂や聞き込みを頼りに行ってみたらどうだ？　武器の持ち込みは禁止だし、反社会的な組織に属した経験のない人、他人を攻撃しない人しか入れないんだ。悪い人が入ってしまっても、改心して清らかで善良な心になるような仕組みになってるから安心して良いぞ」

成瀬が言って萊閃は頷いた。「迷い鳥の止まり木」が営業しているのは週に二度、水曜日と土曜日の夜だけだという噂であった。

二、

それから二日が過ぎて土曜日になった。午前中は銭湯「藤の湯」で朝風呂に浸り、前日の仕事の日報を仕上げた後、テラスの椅子に腰かけて毒気を抜いた。

正午のドンがなると、板木に誘われて銀座へ繰り出した。依頼の情報収集では必ず浅草へ行ったが、普段の暇つぶしでぶらつくなら銀座へ行くようになっていた。

銀ブラの最中に萊閃と交流が続いている知人と一週間ぶりに出会った。森川は性懲りもなく女学生を口説こうとして失敗し、次の子を探し求めていた。

「なぁ、新宿のバーにさ、めっちゃ可愛い子が居るって話なんだが、一緒に行ってみようぜ」

「森川は、会う度に可憐な女の子の話しかしないよな」萊閃が苦笑いをしながら言った。

「やっぱり、生きるには花がないとやってけないじゃん。それに僕ら書生じゃん。土みたいな色の幹が一本立ってたって、花がないと寂しいじゃん。葉っぱが付いてないと養分も取れないから、枯れて死んじゃうよ、なぁ萊閃君」

「自分には猫がいるから良いんだ」萊閃は抱きかかえているヒナギクを撫でた。

「またまたぁ、強がっちゃってぇ」

調子づく森川を見ながら、知らないのか、と板木が零した。

「君は、猫と結婚するのかい？」

声色を真面目に変えて森川が言った。萊閃は黙ったまま俯いて、首を振った。

「いつか、必ずいつか、ヒナギクが先に旅立つ日が来る。人の方が長く生きるからこの運命は変えられない。けれど、想像がつかないんだ。この子は、母を看取り、母の死から自分を癒してくれた存在だったから」

「なぁ、家族のことについて聞いてもいいか？」

しんみりとした学友の問いに頷いて、萊閃は歩きながら話した。

萊閃の父は海軍の人で、萊閃と一度も対面することなく、海へ沈んだのだという。

母は国からお金を貰って一人息子を育ててきた。畑仕事や村の行事を精力的に手伝う中で、同世代の神社の跡取りと知り合った。彼は次第に萊閃の母を精神的に支えるようになった。萊閃と跡取りが顔を合わせるまで、そう長くかからなかった。

二人の結婚は、誰からも祝福されたわけではなかった。再婚が一人目の夫への不義理として非難される時代であった。先祖代々男たちが受け継いできた家督を、再婚によっていとも簡単に手放してしまうのだ。死別した場合、夫の代わりに妻が家督を守っていくのが務めとされた。それ故に、未亡人となった女性は生涯独身であるべきと、同性から強く非難される時代であった。だから、最後を看取ったのは、白い子猫だけであった。

「俺も最近聞いたけど、話を聞くに結核だったんじゃないかな」板木が言った。

「本当に子供想いの、いいお母さんだった。最期の時も、誰にも移したくないから、って一人で廃屋へ移り住んだんだ。もし自分が病気を治せていたら、もしお母さんが生きていたら、って思ったんだ。だから自分は、医学校へ行こうって決めたんだよ」

上京した萊閃は、帝都中央駅前で知人たちと別れた後に寮へ入る予定だった。だが、手違いで一人多く入寮許可を下してしまったため、経済的に余裕のない家庭の子が入寮取り消しになった。

都会への人口流出が甚だしい田舎では、信徒が集まりにくい状況にあった。宮司の義理の息子は路頭に迷い、お堀の周りの一角で途方に暮れていた。

鬱蒼としたその一角へ力士たちがやってきた。力士たちが言うには、かつて関東一帯を治めた平将門公の魂がそのお墓に眠っていて、今でも帝都を守護している。英霊様は、敬意を表さなければ怨霊として信仰人種問わず祟りを下した。騒がず静かに両手を合わせて敬意を表せば、優しい神様として優しく手を差し伸べて守ってくれるのだという。

また、京都で処刑された時の首がお堀の側まで飛んで帰ってきたという伝説があった。その伝説にあやかって、その場所は旅の無事を祈る人が足を運んでいるのだという。力士たちは無事に巡業を終えて帰って来られた感謝を述べに来ていた。境遇を聞いた葛山が路頭に迷っていた萊閃の面倒を見てくれたのだった。

森川がすすり泣きながら言った。

「じゃあ、乾杯しにバー行こっか？」

「何でだよ、未成年」板木が突っ込みを入れた。

「三人を引き合わせてくれた縁に感謝したくなったんだ」

間をおいて、森川は明るい表情で続けた。しんみりとした空気を変えようと努めた。

「それにそのバーはビリヤード等の遊戯とか、小説も揃えているらしくて、酒が飲めなくても十分楽しめる所らしいよ」

「俺は遠慮しておく。初音を失望させたくないからな」

森川は異性の名前を親しげに呼ぶ年上に嫉妬の混じった視線を向けた。萊閃が同い年に問いかけた。

「なぁ、そのバーって『迷い鳥の止まり木』って名前じゃないか？」

森川は頷いた。萊閃が東雲の旦那から聞いたことを伝えると、不貞腐れて言った。

「分かった、じゃあ今晩八時に現地集合で、もし俺が来なかったら先に行ってて良いからな」

その夜、新宿駅に降り立った森川は間違えて西へ延々と進んでしまい、未開発な雑木林一帯を気力が尽きるまで延々と彷徨う羽目になった。

待ちくたびれた萊閃は一人で牛込にやってきた。銀座から一旦帰った時に小春と花子が申し出て、ヒナギクの面倒を見てもらっていた。

景観に馴染まない四角い建物はすぐに目についた。入り組んだ路地を進み、大人の社交場に足を踏み入れた。扉を開けて中へ入った時、森林浴をした時のような、心の淀みが綺麗になっていく感覚があった。

テーブルは埋まっていた。各々のグループで盛り上がっている。カウンター席に人は疎《まば》らだった。鮮やかな赤のドレスを身にまとった人が座っていた。

萊閃はカウンター席に座った。テーブル席のグループに混ざる勇気はなかった。

「いらっしゃい」

燕尾服を着たマスターが言った。マスターは金髪碧眼で、精悍な顔立ちをしていた。

萊閃は、言われるがままに会員証を自分のテーブルの前に置いた。

「ドリンクは如何致しましょうか?」

メニューを差し出して、マスターが言った。アルコールの無い飲み物が二十種類以上記載されていた。

「じゃあ、サイダーをお願いします」

承知しました、とマスターは微笑んで、グラスを取りに行った。萊閃の左奥で体格の良い青年がボオイに言伝《ことづて》を頼んでいて、ボオイは万年筆を走らせていた。

「お客さん沢山いらっしゃってますね」

萊閃がマスターに言った。

「珍しいお酒があるからね。その噂を聞きつけてここを探し当てる人が割といるんだ。それに古今東西ジャンルを問わず、良いものを収集しているから、一度来たら病みつきになる人も多いんだ」

マスターはニコニコ微笑んで、サイダーを萊閃の会員証の上に載せた。

「それに色んな人がいるから、視野が広がるんじゃないかな?」

萊閃は肯定してサイダーを口にした。口の中でしゅわしゅわと甘さがはじけ、乾いた心を潤した。思わずため息をつくほどであった。

「こんなおいしいサイダー、初めて飲みました」

「サイダーに限らず、ここを探し当てた人は皆飲むと大抵そう言うよ」

マスターは嬉しそうに目を細めた。

萊閃はしばらく周囲を見回していた。

建物の一階は広い空間であった。正面に大黒柱があり、雲一つない夜空と、幾千にも枝が分かれた大樹がそこに描かれていた。三、四メートルほどの大樹には蟻が何匹も登っていて、中腹には白蟻が一匹だけ描かれていた。枝木は一本だけ現実へ飛び出ていて、その上に美しい両翼を広げた金鳥のオブジェが乗っている。大黒柱の根元を煉瓦が一周しており、柱との間には五十センチほどの若木が芽吹いていた。

大黒柱の奥には金の取っ手のついた黒い扉があり、オルゴールの付いた独逸製の時計がその隣に立っていた。天井には大きさも明るさも違う電球が無数にぶら下がっている。店内は盛況で、笑い声も時折聞こえた。誰もが楽しそうだった。

大黒柱の右奥にバーカウンターがあり、左奥の数段上の所ではダーツやビリヤードを楽しむ団体が居る。左を向くとステージがあり、特注品のピアノがあった。

「それにしてもこのバーの名前、ちょっと変わってますね」

萊閃がグラスを片手に会員証を見ながら言った。

「このバーは少なくとも二百年は続かせるつもりさ。時代が変わっても、このバーの雰囲気だけは変わらないようにしたいと思って『止まり木』なんて付けたんだ」

「本当に二百年続けるつもりなんですか？」

萊閃が問いかけた。

「そうだね。代替わりしてオーナーとマスターの二人と従業員たちでやっていくつもりだよ」

「にしてもさぁ、迷い鳥のぉ……何とかって言いにくいじゃないれすかぁ。長いのよぉ」

三つ隣の席に座っている女が言った。女を見て萊閃の顔が固まった。綺麗な人だと思った。大きなどんぐり眼《まなこ》をした瓜実顔の女は額を出し肩を出し、裾をビーズで飾った鮮やかな赤いドレスを身に纏っていた。耳際は顎付近まで伸ばし、首筋の骨の辺りで切りそろえられた艶のある黒髪が特徴的だった。

「だったら、迷い鳥でいいさ」

バーのマスターは苦笑いしながら、女の黒い会員証の上に薬味ブランデーを差し出した。

「最後の一杯だよ、茜《あかね》ちゃん」

「やったぁ、マスター」

茜と呼ばれた黒髪の女性は電気ブランをすぐさま飲み干すとテーブルに頬を擦り寄せ

た。ボオイが受け取ったメモをマスターに見せていた。

「……もう一杯」

ずいと突き出した。ボオイがマスターの隣から去って行った。

「帰れなくなっちゃうよ？」

マスターの問いには答えず、ずいずい、と突き出した。

マスターが微笑んだまま首を横に振ると、茜は不貞腐れて声を張った。

「じゃあさぁ、代わりにそこのハイカラなお兄さんにジントニック」

すっと莱閃を指さした。莱閃は口をぽかんと開けた。

「出せないよ。未成年の白カードでしょ」

「ロックでいいからぁ」

「氷を入れても駄目。『ろっく』は浅草だけにしよう」

茜は唇を尖らせて唸った。

「……ねぇ、ギターないの？　浅草ロックって曲、今思いついたんだけど」

マスターは苦笑いしながら首を振った。

「あなたの望むような音を出すギターはないよ。この店だって週三日地下で発電してようやく朝まで営業できるくらい電力足りてないし」

茜は不平を言いながら、卵型の顔を両腕の枕に載せて左を向いた。

「ねぇ、そこの袴のキミは、何か音楽やってないの?」

甘ったるい声で言った彼女は微笑んでいた。萊閃が昨日まで会った誰よりも魅力的でカリスマ性を感じさせる人だと思った。誰もが知るスタアを目の前にした時のような、緊張感を萊閃は覚えていた。

「自分は、楽器は、全然」

「じゃあ小説は? 私、文学部の出なんだけど」

「知人に勧められて、ちょっとは、読んでます」

そうなの、と茜は顔を輝かせ、自分の会員証を滑らせながら萊閃の隣の席に座り直した。

「ねぇ、キミは誰の小説を読んでるの? 川端? 漱石、それとも芥川? 文章が良いっていう志賀直哉? それとも私が作家選びで迷った大佛次郎?」

「えっと……」

目を輝かせて顔を近づけられ、萊閃は自分の顔が熱くなるのを感じた。何も言葉が言えなくなった。

「あ、あ! キミはこの前、浅草を紹介してくれた子だよね! 確か相談士、って名乗ってた子だよね！　浅草の雰囲気すっごく良かったよぉ！」

顔を離した茜は上機嫌に、饒舌に話していた。その一方で萊閃は困惑していた。二人は初対面のはずであった。

「劇も面白かったし。カフェーのコーヒーも美味しくて、女給さんは可愛くて眼福だったし。あとね、凌雲閣にも行ってね、空から見下ろす帝都の景色をこの眼に焼き付けたよ！　最上階からこの景色を見れるのは今だけだからねぇ」

そして懲りずにグラスをマスターへ突き出した。マスターは萊閃の背後をチラリと見て、グラスを受け取った。

「それで話を戻すと、私の卒業論文の題目は川端でね、『雪国』を題材にしたのよ。『伊豆の踊子』にしようか『片腕』にしようか『山の音』にしようか迷ったけど、『トンネルを抜けると雪国であった』！　から始まる冒頭の描写が見事だったからそれにしたの。でも私は論文を書くコツが摑めなかったからさ、本当に苦労してね。口頭試問の時に『卒業論文として辛うじて認める』なんて先生から言われちゃって……」

萊閃は名作らしい作品群の名前を聞いて頷いたり、首をかしげたりしていた。すると、茜ぇ、と男の声がした。茜は不機嫌そうに声がした方を見上げた。

「そろそろ時間だから帰ろうか」

体格の良い青年が後ろから茜の腕をつかんだ。茜は恨めしそうに青年を見上げながら言った。

「えー。まだこの相談士さんに好きなマンガのこととか聞いてみたかったのにぃ」

「帰ろう……」

呆れる男性に茜はむすっとした表情で言った。

「それに、マスターにジントニック、ロックでオーダーしちゃっ……」

メモを胸ポケットにしまったマスターが茜のグラスを白い布で拭いていた。体を青年の方に向けたまま、申し訳なさそうに言った。

「茜ちゃんの身体が心配だって、手を持つ彼が」

「大丈夫、大丈夫。私だってまだ踊れますぅ」

茜は立ち上がり、床の上に立った。佇まいは凜としていて、一目見た人は吸い込まれそうであった。

「二年掛けて覚えた日本舞踊、とくとご覧あれ」

キリリと言って一つ目の動作からわずか十秒、化けの皮が剝がれた。まず頭が揺れ、次に手が揺れ、そしてフラフラとたたらを踏んで、萊閃の方へ倒れ込んだ。

マスターがそっと差し出した彼女の伝票には、電気ブラン二杯、蓬萊泉《ほうらいせん》の「空」と吉乃川を一合ずつ。カクテルを四杯、フランスの赤ワインと赤玉ワインを一杯ずつ、と正の字で書かれていた。

菜閃は両手で茜を受け止めた。茜は口元に手を当て、脱力したまま上気した顔でぼうっと見上げた。欠伸の涙で濡れた彼女の流し目が、胸をざわつかせた。

「ほら、言わんこっちゃない。普段飲めないからってもう……」

飲みすぎだよ、と青年は零した。そして、菜閃の腕の中から茜の肩を抱いて引き寄せると、ゆっくりと立ち上がった。青年曰く、茜は酔っぱらうと性格までも変わってしまうらしい。

「ウチの酔っ払いが迷惑かけたね」

菜閃は胸の中で青年の言葉を反芻した。ウチのという言葉が頭の中で反響して、乾いた風が心を通り抜けた。

「肩、貸しましょうか?」

「いや、気持ちだけで十分だよ。ありがとう」

体格の良い青年が菜閃を見て爽やかに礼を述べた。彼の目元が茜とよく似ていて、同性から見ても格好良かった。お似合いの二人、そんな言葉が頭の中をよぎった。

「誘惑に負けて止められないなら、帰ったら今後一切お酒は禁止ね」

「じゃあ帰らない。ねぇマスター、ここに棲ませてもらう代わりに、従業員として雇って」

むすっとした茜が期待を込めてカウンターを向くと、マスターはダーツをしていた客から注文を取っていた。茜の視線に気が付くと、黙って首を振った。

「マスター、ノンアルコールのバーに変える予定ありますか?」青年が言った。

「みんな珍しいお酒目当てで『止まり木』へ来てるからねぇ。小説などの娯楽商品の貸出料だけでやって行ければいいけど、現状はお酒の誘惑がないと経営が成り立たないんだ」

茜がフフンと鼻を鳴らし、猫なで声であざとく願った。

「じゃあさ、アルコールくすねないし、押し付けないので、どうか私を置いてくださいな。止まり木のマスコットでもいいので、ね?」

「マスターを困らせるなって……」

青年は額に手を当てると、言いながら片腕の中の茜をぐいと引っ張った。赤いハイヒールがたたらを踏んだ。ペンを胸ポケットへ入れたマスターがまたねと手を振り、青年が会釈を返した。

「やだ、まだこの雰囲気に浸っていたいの」

子供のように駄々をこねる成人女性を親し気な男性が支えながら歩いてゆく。マスターが他の客のカクテルをシェイクし始める。広間を横切る二人に注目が集まってゆく。ボオイが扉を開ける。

「放してえええええぇぇぇぇぇ！」

カウンターへ伸ばした手にボオイが重ねて押し、反対の手で扉を閉めた。

しん、とした静寂が漂った。そうして、バーのお客たちは去って行った二人について憶測し、他愛のない話へと話題を移していった。

莱閃は扉の方を見たまま言った。

「あれが森川が言ってた人かな……」

マスターがカクテルを注ぎながら言った。

「茜ちゃんが噂になってるらしいね。あの子のご両親、相当な美男美女だから」

「ご両親ともお知り合いなんですか？」

莱閃がマスターの方を向いた。マスターは頷くと、出来上がったカクテルをボオイに渡して答えた。

「もちろん、よく知っているとも。特にお母さんと交流があって、彼女がまだお腹にいる時に色んな話をしたさ」

五十代くらいに見えるマスターは、顎を触りながら、懐かしそうにしていた。

茜は着物でも洋服でもなくドレスがとても似合う人だった。きっと茜は上流社会の人間で、洋館で外国の人とダンスを踊ったり、一緒に出て行った男と海外へ旅行にでも行ったりしているのだろう。

萊閃は高嶺の花のことを想うと胸が痛くなった。聞こうと思っていたその男のことを胸にしまってため息をついた。

「そうか、君も茜ちゃんの噂を聞きつけて来たのかい？」

半分は、と前置きしてサイダーを飲み干した。

「実は、ここへ来るのは二回目らしいんです。でも前に来た時に、扉をくぐってからの記憶がないんですよね。自分の一回り以上年上の知り合いは、店内の風景とか雰囲気も覚えていたみたいなんです。自分はアルコール嫌いだし、強引に飲まされようとしてもマスターが止めてくれると思うので、口にしたってことはないと思うんですよ」

マスターは不敵な笑みを一瞬浮かべて言った。

「なるほど、君は蟬じゃないんだ」

「……どういうことですか？」

萊閃は首をかしげた。

「職業と人柄などから、ここではそう呼ぶ人が居るって話さ」

莱閃は腑に落ちず、怪訝な様子で頷いた。

「もし気になるんだったら、今晩も夢を見ていくかい？」

「夢？」

「そうさ。この店の地下には、発電機、蓄電器のある部屋の上に夢を見る部屋があるんだ。君はきっとその『星屑の部屋』の中で起きたことを、目が覚めた時には覚えているけど数日のうちに忘れてしまう。その部屋へ行ったのなら、僕とのこの会話も、バーの中で起きたことも、茜ちゃんのことも、きっと忘れてしまうんだろうけど。構わないかい？」

「行ってみます」

莱閃は即答した。乾いた風に飛ばされて行った高嶺の花のことを、すぐにでも忘れてしまいたかった。

迷いがないね、とマスターは笑った。

「どんな夢が見たい？」

莱閃は首をかしげて何でも良いと言った。果たして夢は、自分で決められるものなのだろうか。

マスターはボオイに話しかけると、バックヤードへ向かった。数分後、白い手袋をつけて戻って来たマスターは二十枚くらいのカードを持っていて、それを莱閃の目の前で切り始めた。萊閃は、言われた通り直感に従ってストップと言った。マスターは目の前に三枚のカードを配った。

カードは掌より大きな長方形で深海を見下ろしたような青色だった。幾何学模様の図形があり、その頂点を取るように円が描かれていた。それらの線は全て銀色だった。円を挟むようにひし形が一方に、もう一方にはカードを横断する太く黒い線が接していた。

「直感に従ってその中から一枚選ぶんだ。それが君の夢での運命を指し示すカードになる」

裏返すとアラビア数字の零と一が自分の手前に来ていた。数字上に縦長の鏡のようなものがあり、そこにロッドを持つ魔法使いの男の絵が描かれていた。長さの違う細い黒線と数字がいくつも並ぶ一帯の反対側には発光する板が埋め込まれていた。淡く光る魔法のような板の中には「1028/T.H./2678/W.Shinjk/JP」と言う文字の羅列が左から右へ流れていた。

マスターが文字列を確認して言った。

「入ってきた扉から出たらボオイにお代を渡す時にそれを見せてほしい。夢から覚めるまで、決して、絶対に無くさないこと。君の心臓と同じくらいそのカードは大切なものだから。それと、出た場所のことは夢の中で出会った誰にも話してはいけないよ」

三、

ホールの外へ出て勘定を支払った萊閃は、右の階段を降りるよう案内された。ボオイは受け取ったカードを見ながら先導していく。階段は螺旋状になっていた。階段を百八段降りると、十六畳ほどの広間へ出た。広間には二つ、黒と白の扉があった。

「こちらが、星屑の部屋です」

白い扉に銀色で一筆書きで書かれた五芒星とドアノブがあった。

「あの、ボオイさん」

「デイビットです」

一瞬、間が空いた。青い服を着たデイビットは明らかに東洋人の顔立ちで、流暢な日本語を話していた。萊閃が当惑したのも一瞬のことで、この場所には色々な人が居ると言ったマスターの発言を思い出した。

「デイビットさん、隣のこの部屋は？」

萊閃が金色で同じ星が逆様に描かれた黒い扉を指さした。

「ここはお説教部屋です。法律に背いた人、この敷地内で不埒《ふらち》なことや差別をした人、店か誰かに危害を加えようとしたり、悪意を実行しようとした人、反社会的な人など、招かれざる客へ再犯防止を目的にキツイお仕置きをする場所です」

デイビットは莱閃の方を見て、語気を強めた。

「一度でも部屋の中へ入れられたら、最後ですよ」

「隣は？」

お説教部屋の三十センチほど左隣の壁をよく見ると切れ目が入っていた。ドアノブは見当たらない。デイビットは目ざといですねと頬に笑みを浮かべた。

「そこはスタッフルームですね。書庫と倉庫も兼ねています。無論、お客様は立ち入り禁止です」

莱閃は頷いて今一度、星屑の部屋と向き直った。そして意を決してドアノブを引いた。意外なことに、ドアノブがビクリともしなかった。力を込めて回しても全く動かず、莱閃の手が滑るだけであった。

唸りながら、神妙な顔をして、ドアノブのへこんでいる所を見つめた。こすってみても指で押しても鍵穴が現れることはなく、そのまま首をかしげた。

デイビットは苦笑しながら、莱閃の青色のカードを取り出した。そして向きを気にしながら、扉の横にある四角い箱の凹みへカードを滑らせた。
ピ、という小鳥の囀りのような短い音がした。萊閃が、店の名前を思い出して感心していると、錠が開く音がした。
萊閃は狐につままれたような顔でデイビットの方を向いた。

「まぁ、一種の手品ですよ」

デイビットは笑いながら魔術士のカードを萊閃に渡し、中へ入るように促した。

星屑の部屋の内部はとても広い空間だった。天井に太陽のように白く光る球体があった。部屋の辺り一面星々が煌めいていた。

扉の内側にも先ほどデイビットが通したものと同じ手品の箱があり、とても小さな電球が三つあった。一番上のものが緑色に点灯していた。聞いていた通り、中央には月桂樹で出来た椅子があった。

「念のためお伝えします。二度と帰ってこられなくなるかもしれません。それでも夢を見ますか?」

「そんな危険な事なんですか?」

萊閃は驚いて言った。

「百年前は斬り捨て御免の時代。夢の中で失礼な事をして斬られてしまったら、帰ることができなくなって行方不明になってしまいます。幸運にもあなたが引いたのは比較的平和な夢です。ご安心ください」

デイビットは一歩下がって一礼した。

「では、よい夢を……」

そしてゆっくりと扉を閉めた。扉が閉まると箱の電球は赤くなり、真ん中になった。天井の白い光が徐々に淡くなり、真っ暗になると、部屋の中央の台座に双葉が描かれているのが見えた。陽光のような、暖かい色合いだった。

萊閃は言われた通り、部屋の内部にある手品の箱にカードを通した。月桂樹の椅子に座り、カードを手で挟んだまま合掌した。目を瞑って言霊《ことだま》を幾度となく唱えた。外国の言葉のようだったが、どこの国の言葉かは分からなかった。身体がふわりと浮くような感覚があった。次第に意識が遠くなり、萊閃は眠りに落ちていった。二度、部屋が大きく揺れたが、萊閃は気が付かなかった。

四、

目を開けると、幾億もの星屑へ枝を伸ばした大樹が佇んでいた。大樹の一番太い幹に白蟻がいた。親指と人差し指でつまめそうで、全長はチェスの駒の直径と同じくらいであった。萊閃は特に気に留めずに外へ出た。

部屋の外は変わっていて、カードに映し出される文字列も変わっていることに気が付いた。緑色の液体が入った巨大な容器が幾つも並んでいる部屋に繋がっていた。エメラルドグリーンのタイルを歩き、地下へ降り、黒く冷たい梯子を上るとバーへ出た。「スパルナ」という名前のバーであった。バーカウンターに居たマスターによく似た顔立ちの女性が色々教えてくれた。

スパルナは「迷い鳥の止まり木」の支店であり、方針も止まり木と同じだった。来店されるお客様の誰もに、様々な垣根を越えて楽しんで貰うための場所だった。ただスパルナは予算不足でどうしても良いものを買い集めることができなかった。そこで亡くなった方の遺品から不要なものを寄贈していただいて収集を続けていた。

バーカウンターで萊閃は案内人と名乗る男から歓迎を受けた。スパルナは予算不足から質素であったが、ナチュラルにこだわり、落ち着いた雰囲気だった。

スパルナのマスターと案内人に言われるがままに財布を交換し、数千円の現金と地図、切符や現金の代わりになるカードを受け取った。お金の単位が円だけになっていることに驚いた。そうして魔術師のカードを渡すと、一礼して階段を降りて行った。

建物の外はアメリカのニューヨークのような大都会であった。通りを歩く人は黒髪が多く、和服を着ている人はほとんど見かけなかった。

萊閃は知らない国を旅行しているような気分で都会を彷徨った。異国の雰囲気を感じさせながらも、渋谷新宿など聞き覚えのある地名ばかり出てくるので尚更困惑した。

あちこちで多くの車が走っていた。地下の中を列車が通るというのは妙な感じであった。国の地下を鉄の虫が蠢《うごめ》いているようであった。

今日は日曜日だと、ビルに張られた大きな光る板が伝えていた。魔術士のカードの板と同じものだった。萊閃は日本橋から相談室の前へ歩いて行った。だが成瀬相談室の洋館は見当たらなかった。

水兵が着るような服装をした女の子に相談室について聞いたら、携帯と呼ぶ掌くらいの板に表示された地図で弁護士を紹介された。「今は大正何年?」と聞いたら、呆れかえりながら「平成だけど？」と突っぱねられるような感じで言われた。相談士だと名乗ったら、彼女は「何それ？　やばい、ウケるわぁ」と笑いながら問い返された。

それから街行く若者の会話に聞き耳を立てると、「やばい」という言葉をよく耳にする。初めは聞き間違えて、この町の人は誰もが夜這いをしたがるのかと困惑していた。「やばい」という言葉に何度も出会う度にどうやら違う意味らしいことが分かった。

築地からは渡し船の代わりに鉄橋が延びていて、月島まで渡れるようになっていた。月島から電車に乗って洲崎、深川を回った。洲崎遊郭は石碑が立っていただけで水路もなくなっていた。深川では不動明王の門前の「華」という店で金鍔を一箱買ってその場で食べた。暖簾の奥で金鍔が切り分けられている間、腰かけていると店番をしていた人に話しかけられた。物腰柔らかで、とても優しそうな人だった。金鍔は天にも昇るような食べ心地で、あっという間に箱の中身を全て平らげてしまった。食べ終えるとお礼を言った。去り際に店員は座っていた座布団を上げて、忘れ物がないか調べてくれた。萊閃は夢の中で初めて人の心の優しさに触れることができてとても嬉しかった。深川下町には人情が残っていた。

不動さんに手を合わせて浅草へ行くと、大きな提灯が目を引いた。人力車の若者に話を聞けば、この門こそが雷門であり、萊閃が雷門だと思っていたものは仁王門だったと知った。雷門の文字を背に仲見世を見ると、右に見えた洋館の建物がなくなっていて、浅草十二階もなくなっていて、浅草の空はどことなく澄んでいた。

　小春が勤務していたカフェーの角を曲がると喫茶店があったので立ち寄った。そこで萊閃はミルフェという洋菓子と名物のダッチコーヒーを頂いた。ミルフェはラズベリージャムをパイ生地で挟み、それをさらにクリームで挟んだものをスポンジ生地で丸めたものであった。パイ生地をフォークで切ろうとしてもうまく切れなかった。悪戦苦闘していると、若草色の服を着た女給さんが動作を交えて教えてくれた。握り飯のように手で持って食べるらしかった。ダッチコーヒーは癖がなくてとても飲みやすく、氷とストローだけになったグラスを眺めると舌が次の一杯を求めていた。

　上野公園では芸術祭をやっていた。長い階段の前に人だかりができていた。アコーディオンのような音が辺り一帯に聞こえていて、人だかりの合間からみると、金属製のメッキにマイクを付けていた。誰かがブラボーと叫んで、萊閃も通間から拍手を送った。

　階段を上がると西郷像は立っていたが、柵が出来ていて人だかりはなかった。むしろその近くで親指を立てている彫刻に人だかりができていた。外国語を話す人も立ち止まって携帯を構えていた。彫刻は外国人を見るとわずかに動いた。よくよく目を凝らせば、白い人の銅像はペンキを被った作者自身であった。

東京駅で赤レンガの建造物に親しみを感じた萊閃は、この街の情報を知るべく図書館へ行ってみることにした。

萊閃は皇居の周りにある一角で座り込んでしまった。浅草以外で人力車を探そうと思ってもどこにも居ないのである。喉も乾いていて、体力も限界に近かった。

息を整えていると、お堀をマラソンしている人が話しかけてきて、ペットボトルとやらから水を分けてくれた。いつか、手違いで途方に暮れていた時、この場所で力士たちに助けてもらったのを思い出した。人の優しさは深川だけではないと考えを改めた。

だが、その人はこの場所についても教えてくれた。平将門公が眠っているこの区画に外国人によって何度かビルが建てられようとしたが、いずれも不審死が相次ぎ取りやめになったという。観光気分や涼みたいだけといった軽い気持ちでも立ち入ってはならないし、寧ろ立ち入らない方が良い。人種や出身に信仰を問わず、静かに墓前で手を合わせて将門公へ畏敬の念を示さなければ、あなたも呪い殺されると忠告された。

触らぬ神に祟りなし。背筋が凍り付いた萊閃は、後ろを振り返ることなく立ち去った。お堀の周りを歩いていた萊閃は、いつの間にか迷子になってしまった。道行く人に国会図書館への行き方を聞いて足を運ぶと、何と今日は日曜日で休館日であった。

萊閃は仕方なしに神保町へ足を運んだ。看板が目立つガラス張りのビルヂングへ入ると、書店であった。雑貨に目移りしつつ、人文書の棚へ足を運んだ。棚を何往復もして日本史の書物に手を伸ばした。神武天皇から連なる日本の歴代天皇と、二千年以上にわたる歴史的な出来事が書かれていた。パラパラとページをめくる音が聞こえた。平安の貴族、戦乱の時代を経て、豊臣秀吉の時代に国として一つになり、徳川家康が戦乱を終わらせた。本州、四国、九州を支配していた。そして近代へ入ると、九州の南から大陸までの島々と、北海道が仲間入りをした。次のページをめくると、頭の深い所が痛くなってきた。厖大《ぼうだい》な量の情報が頭の中へ流れ込んできた。心臓の鼓動と共に、頭の痛みが共鳴する。胸が苦しくなった。信じがたいことばかりが書いてあった。

大正十二年九月一日に関東大震災が発生して帝都が崩壊した。死亡、行方不明者十万五千余。日本橋、京橋、下谷、浅草、本所、深川、神田、ほとんど全滅。帝都六割の家屋が罹災。浅草十二階も崩れ落ちる。

見覚えのある場所が震災の被害にあった写真を見ると気分が悪くなってきた。自分が将来、震災の被害にあう可能性を考えると頭が痛くなってきた。

莱閃は本を落とし、胸を押さえて倒れ込んだ。学ランを着た黒髪短髪の女性が気付いて、外套をはためかせながら近寄って来た。紺色のエプロンを着た店員が駆け寄ってくる。周囲の目線さえも気にしている余裕はなかった。手に持っていたはずのカードがなくなっていたことに気が付いた。

なおも心臓は早鐘のように脈打った。目が大きく開かれ、視界は真っ白に焼かれていった。

五、

気がつくと、萊閃は見慣れない場所で白い布団の中で眠っていた。部屋は六畳ほどで、畳の上に引き出しの箪笥が幾つかあった。萊閃の隣では茜がリンゴを剝いていた。

「お目覚めみたいですね、大正からの旅行者さん」

「ここは？」

「ここはスパルナ。時間と世界線移動の拠点、ターミナルの一つよ。今日は西暦二〇一八年十月最後の日曜日。ハロウィンムードの最中だったから仮装してる人多いし、漱石の三四郎みたいな格好でも特に違和感なかったよ」

「世界線、とは何ですか」萊閃は首をかしげた。

茜は唸りながら説明が難しいな、と呟いた。

「ここに居るってことは、星屑の部屋へは入ったんだよね。そこに樹と蟻があったじゃない。樹には人類史の全ての可能性が記されているの。歴史っていうのは、大衆である蟻が何億、何兆と、星屑のようにある人類史の可能性の中から選んできた一本の世界の線なのよ。ということは違う選択をしてきた、違う歴史になった西暦だってあるの。つまり、樹の根っこから先端の葉っぱまでの縦軸が時間移動で、その高さの位置で真横へ移動するのが世界線移動。蟻の位置が自分の居る現在地点で、機械の蟻を自動か手動で動かして部屋ごと移動するの。乗り物じゃなくて部屋ごと移動するから、身体への負荷が少ないって話だし」

大正時代の人には理解しきれなかった。これまで理解しているのは、自分が平成という百年後の時代に居ること。

「自分は西暦で言えば一九〇一年の生まれらしいのですが、貴方は何年生まれなのですか？」

差し出されたリンゴを食べながら莱閃が問いかけた。

「私は西暦で言えば２３１９年生まれよ」

茜は政府の機関に所属していて、時間旅行で帰ってこられなくなった人を助けたり、重要な現代人を隠れて護衛したり、時には茜が居た世界線から出てしまった時空間の犯罪者を逮捕しているのが仕事だと言った。現代人というのは一度も世界線と時間の旅行をしたことがない人のことである。

「止まり木は、本当はどういう場所なのですか？」

「止まり木は時間と世界線移動の拠点で、止まり木から旅行できる人は人柄の良い人だけって決めているの。旅行先で失敗したり犯罪を犯したりしないように、その世界線の止まり木の人がガイドとして同行するの。知識は書物で得られても、マナーや常識などの当たり前は中々書物に記載されて残らないから、知りようがないもの」

萊閃はふと気になったことがあった。

「あなたの世界はどうなっていますか？」

「来てみる？」と茜が言った。

萊閃と茜は星屑の部屋へ行った。茜が指で蟻をつまんで動かした。

部屋の外へ出ると森林浴をした時のような、すうっとした感じを首筋に感じて、心が清らかになる感覚があった。

大正の止まり木で茜と一緒に居た男は見当たらなかった。任務中だと茜は話していた。

茜の時間軸では自然が豊かであった。外には森が広がっていて涼しかった。木々の合間に近未来的な建造物がいくつも立っていた。

平和は、人々のたゆみない努力と、平和であり続けようとする強い意志によってもたらされるものである。人々が自分だけじゃなくて他の存在のためにも協力して、安定して過ごしやすい地球環境と世界の安寧のために動き続けたからだと茜は言った。

「人は可能性の生き物よ。気づきと選択次第でより良く変わっていけるわ。ねぇ、あなたたちはどんな選択をするの？」

清水のせせらぎの音を聞きながら、大きくて丸い目をした女性が後ろを歩く萊閃を見て問いかけた。

原田 宗一郎 はらだ・そういちろう
1992年生まれ。愛知県出身。
中京大学文学部卒。趣味で作曲も行う。
本作は、在学中に一作目として執筆し、改稿した『鎌鼬』に、新たに書き下ろした『四月一日』と『星屑の夢』を加えて一冊にしたものである。

カマイタチ
松島《まつしま》相談士《そうだんし》の日報録《にっぽうろく》

二〇二〇年三月四日　第一刷発行

著者　原田《はらだ》 宗一郎《そういちろう》
発行者　堺 公江
発行所　株式会社講談社エディトリアル
郵便番号　一一二-〇〇一三
東京都文京区音羽 一-一七-一八 護国寺SIAビル六階
電話　代表：〇三-五三一九-二一七一
販売：〇三-六九〇二-一〇二二
印刷・製本　豊国印刷株式会社

ISBN978-4-86677-057-4